KB233714

허기를 채우다

김한중의 시와 소설

허기를 채우다

김한중의 시와 소설

인쇄일 | 2024년 02월 25일
발행일 | 2024년 02월 28일

지은이 | 김한중
펴낸이 | 김명수
펴낸곳 | 도서출판 시아북(詩芽Book)
출판등록 | 2018년 3월 30일
주소 | 대전광역시 동구 선화로214번길 21(3F)
전화 | (042) 254-9966, 477-8885
팩스 | (042) 367-2915
E-mail | siab9966@daum.net

값 17,000원
ISBN 979-11-91108-91-0(03810)

* 저자와의 협의에 의해 인지를 생략합니다.
* 잘못된 책은 바꿔드립니다.

* 이 책은 한국예술인복지재단 창작지원금을 수혜 받아 제작되었습니다.

허기를 채우다

김한중의 시와 소설

시아북
詩芽BOOK

꽃술 같은 언어에 향기를 묻혀 숨겨진 진실을 건져 올리고, 마음 맑은 달무리를 그리고, 담대한 언어로 잊힌 교훈에 호흡을 불어 넣어 자목련 꽃잎 위를 아리게 걸었습니다. 푸른 땀방울에 봄을 적시고 갈잎처럼 흔들리며 몸을 뒤척였습니다. 그리고 또, 윤슬로 반짝이는 모습을 그려봅니다.

사라지는 신기루 같던 눈길에 시린 몸을 묻고 살았습니다. 그러다가 빈 방에 불이 꺼지면 담아내지 못한 것들로 가슴이 뭉근해지는 시간이 많았습니다.

이제 긴 터널을 지나, 시, 소설에 숨을 깃들어 바람도 알고 있는 목소리로 집을 지어 주고자 합니다.

앞으로 진솔한 삶의 무게가 절망이 되지 않도록 잊히고 아픈 것들에게 해맑은 얼굴을 달아주는 일에 힘써 노력하겠습니다.

2024년 이른 봄날에 김한중 올림

차례

제1부

시

집

햇살 무릎 올려놓은 달빛에
곱게 넣어 두었던
집 한 채 꺼내 입는다

동그란 툇마루에
그믐달을 드리우면
작은 몸에도 새살이 돋고

입꼬리 살짝 들어올린
따뜻한 목소리를 모으고 모아
살뜰히 지어 놓은 집 한 채

텃밭의 깨꽃이 울려주는 종소리
바람결에 날리는 시간
가슴에 문을 열면 까만 눈물이 된다

꽃살문 사이로

찻잔에 눈물을 따랐습니다
눈물에 달이 차니
늙은 아버지의 통증이 머리를
쓰다듬습니다

금방 오실 줄 알았습니다
읍내에 잠시 마실 나가
생선 두어 마리 들고 오실 줄 알았습니다
생선의 대가리만 방향을 잃은 채 납작하게
길 위에 서성입니다

쉬 오실 뜰 안에는
맨드라미와 채송화 피고, 또 씨를 맺고
계절 잃은 코스모스가
안방 창호지 문에 꽂인 채
기다립니다

풀 먹은 날 선 무명 이불깃
달의 공전에 얇아지고
이가 시린 달만 사무치게
온몸을 휘감습니다

식어버린 찻물을 다시 부을 때쯤
가슴에 익은 인기척이 들립니다
바람도 알고 있는 따뜻한 목소리
민둥산 같은 빈 몸만
집 한 채 지어 놓습니다

허기를 채우다

햇볕 버무려
포기를 채우는 아침
낯선 이국에 오면
음식부터 사람을 알아본다
롤러코스터에 오른 입 속
박꽃으로 부드럽다

김치가 토종 음식이라지만
목젖에서 느끼는 맛은
이름 없이 지내는 익명의 상태와
흡사하다

그리움으로 허기를 채우는 저녁
냉정함이 고개를 들고
부활을 꿈꾸는 세포들이 일어선다

왕인의 밥과
걸인의 찬을 준비했던 어설픈 내가
가로등 수다에 몸을 불릴 때
겉보리 세 말 같은 어머니 손맛
허리 속에 선명한 발자국을 심는다

해거름에 오실
당신의 찬으로 수평을 맞춘 하루
뜨거워진 당신의 눈동자
먼저 알고 저만큼 가고 있다

호박

호박 한 덩이,
대청마루에 침묵으로 앉아있다

겨울햇살 머금은
호박을 들어 보니 밑둥이 물컹하다

그 흔적을 지우기 위해
아지랑이를 피어 올려
늦은 가을비가 되기까지
둥근 등을 밟고 살아와서
끝내 종자까지 썩은 몸

호박을 들어 올리자
아버지의 녹아 버린 창새기가 따라 올라왔다

대청마루에 앉아
맑은 바람에 쏠려 씨앗을 쏟아내고 있다

몽고반점

포실한 분 냄새
어머니의 까막눈을 덮고 있다

마침내 신문지가 된 신문

신문은 덮는 게 아니라며
버짐 핀 감자

제 홀로 볼멘소리를 한다

아버지의 역할극

빈가에서 빈손으로
이름 아닌 누구의 아빠로 불려야 했던
무미건조한 입술에서

든든한 가장으로
뜨거운 눈물마저 아끼며
내려앉은 눈꺼풀에서

작은 목장의 주인으로
빨간 날도 달달하게 반납해야 했던
투박한 두 손에서

아버지가
그래야 했던 일들을 혼자
다하는 역할극을 보았습니다

바람이 되어

꽃다방 미스 김
간판 된 얼굴이 흔들린다

바람 속 태풍을 애무하는
골목길, 줄 타는 거미

바람은 제 무늬로
긴 속눈썹 하나 그려 놓는다

거칠다, 손등과 발등까지에도
그물을 던져 놓고

뜬구름을 낚아내려고
거친 바람이 된다

허기진 바람처럼
헉헉 거친 숨이 차오른다

눈물 버튼

처마 끝에 새벽이 달리면
시린 바람 소리 하얗게 흩날려
되돌린 경계선을 넘지 못하고

깊게 할퀴고 간 그리움이
선을 따라 흐르면
더욱 더 차가운 상처가 된다

온도를 높일수록
토하지 못한 눈물의 무늬는 짙다
팽팽한 선을 당긴다

동백정

달빛이 부서지는 파도는
바람이 되어서야 동백꽃을 만난다

아득히 밀려오는 기억의 저편
안타까운 바람이 동백정을 오를 때

사각 돌계단 위에서
먼 바다를 굽어보는

촌로村老의 가슴은
동백꽃 흔늘림에 마냥시리다

서래야 써레질

살아있는 물방울
긴 꼬리 흔들고 서래야 써레질한다

논바닥 핥고 있는 농부의 장화
곡예사를 하는 코뚜레 경운기
한낮을 끓어오르는 힘에 눌려 주저앉는다

묵,
검은 도루묵이 되는 써레질

물수제비처럼
첨벙거리는 소금쟁이 뒤에 숨은 먹구름
벼알 같은 땀방울 흘리고

질퍽한 논바닥
둥근 하늘 민심은 꽃물로 넘실거린다

맥문동 숲에 서면
- 장항송림산림욕장 솔바람길

보랏빛 바닥 딛고선

저 애틋한 얼굴

어느 줄기 따라와 저리도 고운가

꽃등 심지 끌어안아 오랜 해진 몸매

자지러진 몸매 위에 얼굴 덧댄 밤

소년의 싱싱한 수술은 꽃가루 묻혀

헛된 울림을 쓴다

맥문동 내공에 한 줄 서는 솔바람

갈색 화장 끝낸 길

까질한 입속에 풀잠자리 제 살점 낳는다

빈 둥지에 똬리 트는 솔향기

그 속엔 새의 날개와 바람의 날개가 산다

나무 깃털처럼 보드라운

여인의 속삭임이 산다

세모시

소낙비 그치고
서녘에 무지개 걸리면

골진 용마루에 태모시 널리고
뒷마당 토굴에선 또닥또닥 베틀소리

등 굽은 아낙
모시올 사이로 풍기는 땀내음이 시큼하다

짓가루 먹인 배틀
씨실과 날실 올려지고
허공과 바닥을 깁는 아낙

바람 깃에 묻어난 모시 적삼 사이로
저물녘도 눈부시다

유부도

목소리가 혼잣말보다 흐릿한 곳에
물방울 튕겨 내며 소리를 낸다

마당을 쓸지 못한 곳에서
너는 그렇게 태어났다

유배 간 눈물의 절정을 알고 있는
짧은 머리 표정을 하고

잿빛 눈으로 물들여야 했던
되돌이표 음계 소리를 내밀고 있다

말없이 걷고 있는 검은머리물떼새
떠밀려온 둥근 슬픔을 엮는다

소금꽃 피다

땡볕을 한 줌씩 퍼 올리는 열꽃
거친 숨소리가 바닥에 홍건하다

계단을 오르는 남자
무게 중심을 잃고 공중부양을 한다
비틀거림과 힘이 맞물려 돌아가는 수차

늘어진 남자 일바지의
부레가 끊어지지 않으려 허튼 꿈을 꾼다

남자가 허공을 오르고
바다를 온몸으로 채우는 자벌레
소금 한 됫박 그러안고 제 몸 녹여 땡볕이 된다

물결무늬 녹은 물방울의 결정체
남자가 머문 자리마다 소금꽃이 핀다

장항제련소

구름 위로 눈 치켜뜨며
이슬을 게워낸 마디 위로
톡, 몸을 연다

뜨거운 불길 속을 힘차게
날아 오른 그 시절

수레바퀴에
연기를 싣고 가는

아지랑이 피던 봄
순박한 몸짓으로
하늘의 지문을 찍어댄다

서래야 쌀

굽어진 허리에
시작과 끝이 있다

시작이 맺힌 자리에
피 흘린 장엄한 해와 달이 있고

끝이 맺힌 자리에는
쓰디쓴 열매가 달려 있다

쓴 약 먹고 자란 이슬
결핍의 이슬은 쓰러진 아버지 이마에 내린다

하루를 쓰다만 가을

고개 숙인 자리에 쓰러질 듯
위태로운 아버지 얼굴 하나

바람도 알고 있는 목소리

눈으로 보아도 알 수 없는
심연의 강

어디서 풀려나와
구겨진 햇살을 앉고 흘러가는가

어디서 살아서 볼 수 없는
견고한 얼굴 하나

노을 지는 강가에 피어올라
서걱대는 댓잎 소리에 홀로 울고 있다

나도 꽃이다

자리바꿈하는
아침은 씨 뿌리지 않아도
길가 언덕배기 꽃을 피운다

새벽이슬 머금은 야생화
산고를 엿듣는 한 밤

의미 있는 이름 하나
낳지 못하였으나
한세상으로 그윽하다

그대를 닮아
하나의 꽃을 낳은 나도
진정한 꽃이다

모란에게

봄이면 불러보는 이름
— 모란

가만히 가슴에 손을 얹으면
심장 어디쯤에서 터져버릴 것 같은
불의 기둥

어렴풋 손을 잡으면
내 작은 어깨에 붉은 물이 들 것 같아
한참을 부르다 돌아서는 봄밤

모락모락 피어나는 잊힌 이름
— 모란

그믐달

치매에 걸린 아버지
손톱을 깎아주네

톡, 하고 떨어진 조각
어디로 달아났는지 보이질 않네

창밖을 내다보니
어느 새 밤하늘에 걸려 있네

둥근 손톱 하나
나를 비춰주네

씀바귀

아득히 먼 안개 속
하늘 가득 별이 돋는다

노란 등 켜고
별 헤는 씀바귀

바람만 무성한 길섶 원두막
가시 돋친 씀바귀

밤이면 소리 없이
노랗게 사연을 쓴다

따뜻한 말

모서리 없는 진심의 말
내게 오실 다리가 됩니다

물빛 머금은
당신의 다리는
더 붉게 여물어져
내게 화로가 됩니다

그 다리 건너
당신 곁으로 갈 때
청량한 입김으로
날개 잃은 말들에게

— 날개를 달아 주세요

제2부
소설

<제75회 한국소설 신인상 수상작>
새끼손가락

전하지 못한 말

새끼손가락

1.

"이놈에, 개새끼."

나는 연탄집게를 번쩍 들었다. 가히 위협적인 태세로 그것을 그놈에게 들이댔다. 그러나 이 망할 놈의 개는 나의 공격을 요리조리 피해 조금 뒤로 물러설 뿐, 꿈쩍도 하지 않았다. 다리에 어찌나 힘을 주고 서 있는지 흙바닥에 오선지 같은 줄이 여기저기 그어졌다. 몽이만이 부산스럽게 움직였다. 그때였다. 나는 그의 앞다리를 잽싸게 찔렀다. 연탄집게의 창살이 앞다리에 가닿기도 전에 깨갱거리고 앞발을 들어 올리며 엄살을 부리는 모습이 고소하기만 했다. 왼쪽 다리에 털이 떨어져 나가고 그 자리는 까맣고 지저분한 딱지가 앉아, 그렇지 않아도 꺼림칙한 몰골이 더 형편없어 보였다. 그랬다. 땡칠이는 이미 나에게 단단히 응징당한 터였다. 일주일 전쯤에 우리 집 마당까지 기어들어 와 몽이를 데리고 나가는 장면이 하교하고 돌아온 나에게 덜컥 잡히고 만 것이다. 아직 발갛게 열기가 남은 연탄집게로 그의 앞다리를 정통으로 찔렀는데 살이 꿰이기 무섭게 쏜살같이 도망가 버렸었다. 그날은 연탄집게를 들고 한바탕 기분 좋게 웃었는데 몽이는 제집에 들어가 저녁 늦게까지 밥도 굶고 나에게 안기려 들지도 않았다.

사실, 몽이는 땡칠이와 어울리는 것을 좋아했다. 하지만 나는 몽이가 땡칠이와 노는 것이 싫었다. 늙은 떠돌이 수캐 주제에, 하얗고 보송한 털에 '몰티즈'라는 꽤 괜찮은 품종의 몽이와 회색과 누런색이 마구 섞여 그 품종조차 알 수 없는 땡칠이는 무엇 하나 댈 수도 없음에도 불구하고 그들은 각별한 우정을 과시하곤 했다. 몽이는 사료의 양이 적든 많든 꼭 반쯤 남겼는데 그것이 땡칠이 몫이었다. 몽이의 밥그릇에 입을 처넣고 허겁지겁 게걸스럽게 먹여내는 땡칠이를 여러 번 목격했다. 나는 그럴 때마다 발길질해대며 그놈을 쫓아내야만 했다. 그러나 내 발길질은 언제나 허공에서 헛돌 뿐, 그놈의 엉덩짝 한 번 차주지 못했다. 그러다가 그를 쫓아내기에 안성맞춤인 연탄집게를 발견했고, 그 후로는 그놈과의 싸움에 항상 연탄집게를 휘두르게 되었다.

"너네 집에 썩 못 가!"

일부러 상처 난 자리를 노려서 찌르는 시늉을 했다. 위협만 주려고 했는데 같은 자리를 또 가격하고 말았다. 땡칠이는 창살에 딱지가 뜯겨나가 거무죽죽하게 곪은 것이 그대로 드러났다. 그런데도 물러서지 않고 버티는 것이었다. 나는 눈살을 찌푸리며 연탄집게를 냅다 집어 던졌다. 눈알을 부라리며 발부리로 흙을 그놈에게 사정없이 튀겼다. 그러나 나는 곧 이 신경전에 지쳐버렸다. 작전을 바꾸어야 했다. 이길 수 없을 때 최선의 방법은 후퇴하는 것이다. 후퇴, 몽이를 품에 안고 집에 들어와 버렸다. 마당에 덩그러니 남은 땡칠이는 연신 킁킁거리다가 꼬리를 내리고 대문 밖으로 사라졌다.

솔직히 내게 땡칠이를 불쌍히 여기는 마음은 없는 것은 아니었다. 세상에 늙고 병든 떠돌이 수캐를 괴롭히고 못살게 굴고 싶은 사람은 없을 것이다. 처음 이 동네에 땡칠이가 나타났을 때 - 내가 지어준 이름이다 -이 동네 사람 중에서 제일 먼저 그의 출현을 알아챈 것도 나였다. 나는 등하굣길에 버스 종점을 지나가야 하는 데 그놈은 겁 없이 거기를 거처로 정한 것 같았다. 땡칠이는 하루에도 여러 차례 아저씨들한테 발로 걷어차이거나, 세차장 호스로 물세례를 받는데도 질기게 버티었다. 그 동안 어떻게 살아왔는지 짐작이 갔다. 처음엔 재미로 몇 번 긁려주다가, 그것도 시들해진 모양인지 시간이 좀 지나서는 더 이상 그 개를 건드리는 사람은 없었다. 그러던 어느 날, 엄마가 일하는 분식점으로 가는 길에 땡칠이가 폐타이어 밑에서 엎드려 있는 것을 길수 아저씨가 한동안 안쓰럽게 바라보다 집으로 데려가는 걸 보게 되었다. 길수 아저씨가 데려가기 전에 나도 두어 번 그 녀석에게 간식거리를 제공했었다. 그런데 은혜도 모르다니.

큰 도로 끝 버스 종점을 기점으로 해서 뒷골목으로 집이 들어선 이 동네에서 내 또래라고는 나와 학교 친구인 경호가 전부였다. 엄마 등에 업힌 아기도 몇 되었지만, 그들은 나에게 관심 밖이었다. 버스 종점이라서 출구에는 언제나 버스들이 기차처럼 늘어서 있고, 폐타이어들이 아무렇게나 쌓여 있어서 밤이 되면 그 주위는 음산하고 사위스러웠다. 게다가 버스 기사 아저씨들의 거칠고 사나운 욕설들 때문에 나는 거기를 지나갈 때마다 이유 없이 주눅이 들곤 했다.

"난 커서 버스 기사가 될 거야."

경호는 아직도 코를 흘리는 코흘리갠데, 그의 장래 희망은 버스 기사였다. 정말이지 소박한 꿈이었다. 코나 좀 닦고 다녀, 버스 기사는 세피아로 미뤘다가 마지막에 정말 할 게 없을 때 해도 돼. 바보, 꿈이라는 건 내가 될 수 없는 걸로 정하는 거야.

"될 수도 없는 걸 왜 장래 희망으로 정하는 건데?"

콧물이 줄줄 흐르자, 소매로 쓱 닦는 경호의 머리에 꿀밤 놓은 시늉을 하며 나는 말했다. 될 수 없으니까, 꿈이지. 이루어질 수 없는 걸 꿈이라고 하는 거야. 달나라에 토끼가 정말 있을 거로 생각하니? 있으면 좋겠다, 그렇게 되었으면 좋겠다고 생각하는 거잖아. 그런 게 꿈이야. 알겠니?

뒤통수를 긁적이며 아직도 내 말뜻을 알아듣지 못한 경호는 빤질빤질한 소매로 다시 코를 훔쳤다. 달나라 토끼, 달나라 토끼를 중얼거리며 경호는 폐타이어로 경계만 지어놓은 버스 출구를 털레털레 지나갔다. 나와 달리 경호는 버스 출구를 잘 건너갔다. 나는 출구를 건널 때마다 다리를 최대한으로 벌려 뜀박질하듯이 건너는데 아무리 최대한으로 벌려도 오십 걸음이 넘었다. 나는 반쯤 건너다 말고 경호에게 등을 돌려 큰길가로 니왔다. 버스 정류소 앞까지 걸어왔다. 건너편에 허름한 분식점이 보였다. 엄마는 긴 꼬챙이에 어묵을 꿰고 있었다. 미닫이 유리문에는 엄마가 아침에 집에서 가져간 종이가 붙어 있었다. 김, 밥, 한, 줄, 팜, 니, 다 라는 일곱 글자가 세로로 적혀 있었다. 학교에서 하는 받아쓰기에 반타작 짜리 맞춤법 실력이지만 '팜니다' 가 틀렸다는 것쯤은 나도 알았다. 교복을 입은 여중생 둘이 지나가면서 지네들

끼리 낄낄거리며 웃었다. 그들이 유리문에 붙은 문구를 보았는지는 확신할 수 없었다. 하지만 내 심장이 딱딱해져 왔다. 엄마가 부끄럽다는 생각과 그것을 부끄럽게 여기는 나 자신, 그리고 엄마의 서툰 문장을 보며 수도 없이 지나갔을 행인들이 한꺼번에 나를 덮쳐오는 느낌이었다.

길수 아저씨는 오늘도 어묵 한 개와 핫도그 한 개를 먹고는 천 원을 내고 이백 원을 거슬러 받고 있다. 엄마의 손이 아저씨의 손바닥에 잠시 스쳤다가 지나갈 때마다 붉어지는 아저씨의 귓불과 답작거리는 엄마의 입술이 그렇게 미울 수가 없었다. 돌멩이를 집어 분식점을 향해 던져보지만, 중앙선도 넘지 못하고 도로에 떨어졌다. 내 앞에 선 운전사 아저씨 하나가 창문을 열고는 그런 나를 향해 고래고래 고함을 쳤다. 엄마와 길수 아저씨의 눈이, 동공이 확장된 눈이 나에게 와서 멎었다. 되바라지게 악을 쓰고 다시 종점을 향해 뛰었다. 사실, 내가 땡칠이를 극도로 싫어하는 것은 길수 아저씨가 거두어서 키우고 있기 때문인지도 몰랐다. 길수 아저씨는 123번 버스 운전기사였다. 길수 아저씨는 땅딸보에 마흔이 넘도록 장가 한 번 들지 못한, 소위 어른들의 말로 숫기라고는 전혀 없는 위인이지만 정이 많고 바지런한 편이었다. 그의 아버지가 오입질로 가산을 전부 탕진하였다는 것을 이 동네 사람이면 모두 알고 있었다. 배다른 누이가 있었는데, 병으로 죽었다고 했다. 집안 내력에 간질도 있고, 한센병도 있어서 장가들고 싶어도 그럴 수 없을 거라고 했지만 내가 보이에는 그는 장가들지 못한 것은 그의 성격 탓인 것 같았다. 수줍음 또한 많이 타서, 별명이 '새색시'였는데, 우리도 그를 새색시라고 골려 부르곤 했다. 하지만 그는 다른 어른들처럼 성내는 법도 없이 조막막 한 우리들의 놀림에도 수줍게 웃어넘기곤 했다. 특히 나의 버르장머리 없는 - 땡칠이를 못살게 군다든가, 그를 새색시라고 부른다든가, 그의 버스에 돌멩이를 던진다는가 하는- 행동에 대해서 침묵을 지켰다. 그의 그런 태도들은 내가 그를 더 얕잡아보게 해주었다. 그래서 나에게 새색시 길수 아저씨는 경호와 동급으로 분류되어 '내가 무시해도 괜찮은 존재'로 여겨졌다.

게다가 이 동네에서 새색시 길수 아저씨가 우리 임마 주위를 맴돌고 있다는 걸 모르는 사람은 한 명도 없었다. 분식점 주인아줌마는 걸핏하면 엄마와 길수 아저씨 이름을 입에 올렸다. 동네 사람들은 길수 아저씨가 엄마를 짝사랑한다고 했다. 땅딸보 길수 아저씨와 아직 곱다는 말을 줄기차게 듣는 엄마와는 서로 댈 것도 없었다.

"희범이 엄마, 정말 알고 모르는 척하는 거야, 아님 정말 모르는 거야?"

“뭘요?”

“어휴, 보는 사람만 답답하지. 박길수 씨 말이야.”

“희범이 들으면 어쩌려고 그래요, 목소리 낮추세요.”

엄마의 목소리가 떨리고 있었다. 이 동네 사람이면 다 알고 있는 그 사실을 엄마는 왜 나만 모르길 바라는 걸까. 무엇이 무서워서? 아버지 때문에?

아버지. 그렇다, 아버지 없이 자식이 태어날 수 없듯이 내가 존재하는 이유 중의 하나가 아버지였다. 그렇게 성실한 편은 아니었지만 -아버지는 도배공으로 밥보다 술을 더 좋아하고 트로트를 잘 부르고 엄마보다 나이가 열 살이나 많았다- 그런대로 생활을 유지할 만큼은 벌어 왔던 것 같다. 엄마가 지금처럼 분식점에 일 나가지 않고도 밥 세 끼 거르지 않고 때때로 매장에 에누리 판매 기간이 돌아오면 나와 엄마에게 옷 한 벌씩은 사주었으니 말이다. 고급 식당은 아니지만, 이따금 고기 뷔페에서 외식이라는 것도 했었다. 그렇게 부르지도 고프지도 않은 생활을 유지하던 어느 날, 감쪽같이 아버지가 사라져 버렸다.

실종이나 가출이었다면 엄마는 아버지를 찾아 나섰을 것이고, 도배공을 먼 곳에서 부를 턱도 없으니 출장 같은 것도 아니었다. 더 이상한 것은 엄마가 아버지를 찾아 나서지 않았다. 처음부터 아버지라는 존재가 없었던 것처럼 엄마는 행동했다. 나는 아버지에 대한 배신 때문에 엄마가 오히려 냉정해진 것으로 생각했다.

숨은 알코올 성분으로 되어있다고 하던데, 숨이 과해서 알코올처럼 아버지도 증발해버린 것은 아닐까, 턱을 괴고 나만의 공상에 빠져 있는데 운동장에서 들려오는 왁자지껄한 소리에 문득 바깥을 내다보았다. 남자아이 셋이 땅을 파고 뭔가를 묻으려고 하는데, 여자아이 하나가 울음을 터뜨리고 있는 모습이 눈에 들어왔다. 호기심이 일어 교실에서 빠져나와 운동장으로 뛰어나갔다. 세 명의 남자아이 중에 경호도 끼어 있었다.

"뭐해?"

신문지로 둘둘 말아 공처럼 뭉친 것을 막 땅에 넣으려던 경호는 대수롭지 않게 말했다.

"응, 강아지. 어제 우리 강순이가 새끼를 일곱 마리나 낳았는데, 글쎄 이게 병신이잖아. 다리 하나가 없어. 그래서 묻어버리려고."

순식간에 일어난 일이었다. 눈앞에 보이는 게 없었다. 경호 뒤로 서 있는 남자아이 둘을 밀어서 넘어뜨렸다. 그리고 나는 한 손으로 경호의 멱살을 부여잡고 나머지 한 손으로 그의 손에 들려 있던 신문지 뭉치를 빼앗았다. 따뜻하고 물컹한 촉감이 손바닥에 그대로 전달되었다. 평소에 경호를 놀리긴 했었지만, 그에게 심한 욕설을 하거나 때린 적은 없었다. 신문지에 싸인 따뜻하고 물컹한 생명체를 품에 안고 경호의 정강이를 발로 차버렸다. 아야, 나한테 왜 그래. 내가 뭘 잘못한 거야? 눈물을 찔끔거리며 어안이 벙벙해져 버린 경호를 운동장에 확 밀어 버리고는 책가방도 버려둔 채 교문을 빠져나왔다.

무엇이 나를 그렇게 화나게 만들었단 말인가. 그것은 어쭙잖은 자격지심 때문이었으리라. 병신. 손바닥을 활짝 펼쳤다. 조금 더 커서는 아직 덜 자라서 그렇다는 엄마의 말을 믿지 않게 되었다. 그 말을 믿고 새끼손가락이 어서어서 자라기를 기다렸던 나 자신이 더 바보스럽게 여겨졌다. 내 새끼손가락은 남들보다 마디가 하나 작았다. 그것은 손가락 길이의 문제가 아니었다. 나는 마디 하나를 더 갖지 못하고 태어난 것이다. 손가락이 병신이라서, 군에도 못 가겠네. 쯧쯧. 요새 세상에, 군에 안 가면 더 좋지 뭘, 그래. 험한 꼴도 안 보고. 언젠가 집에 놀러 온 고모할머니의 말을 듣고서야 내 새끼손가락이 병신이라는 것을 알게 되었다.

신문지를 펼쳤다. 하나, 둘, 셋. 경호의 말대로 다리는 세 개밖에 없었다. 하나는 어디에 숨어 있는지 보이지 않았다. 경호네 강순이가 낳은 새끼 중에서 도태된 녀석이었다. 어차피 경호가 묻으려고 하지 않았어도 형제들의 틈바구니에서 젖도 제대로 빨지 못해 결국엔 죽었을 것이다. 나와 몽이의 인연은 이렇게 시작되었다. 몽이는 용케 죽지 않고 살았다. 살이 오르고, 몸집이 커지더니 처음 한동안은 발육이 부진했던 다리가 조금씩 자라는 것처럼 보이기도 했다. 그러나 다른 다리들은 더 빠른 속도로 자랐다. 그러나 기적 같은 건 일어나지 않았다. 예상대로 몽이는 절름발이가 되었다.

아버지가 사라진 지 한 달 후에 종점 출구에서 아버지와 곧잘 포커를 치고 술자리에 빠지지 않고 늘 함께하던 삑사리 아저씨를 만났다. 130번 삑사리 아저씨는 - 노래할 때마다 삑사리가 난다고 사람들은 그를 그렇게 불렀다 - 학교 마치고 집에 가던 나를 불러 세웠다.

"아저씨 소식 들었나?"

나는 조금의 희망을 품고 삑사리 아저씨를 쳐다보았다. 그의 얼굴은 궁금하지? 하지만 쉽게 가르쳐 줄 순 없지 하는 표정이 역력했다. 나는 침을 꿀꺽 삼켰다.

"아저씨, 우리 아버지 어디 간 줄 아세요?"

"알다 말다."

그때 세차장에서 삑사리 아저씨를 부르는 소리가 들려왔다.

"어, 금방 갈게. 난 그만 가봐야겠다. 담에 또 보자."

가르쳐 주고 가세요, 네. 입에서 말이 나오기도 전에 눈물이 먼저 그렁그렁 맺혔다. 만약에 아버지의 죽음을 들게 되더라도 남의 입을 통해서 확인하고 싶었다.

"모르는 게 약일 듯싶구나. 어이, 가봐라."

뻑사리 아저씨는 내 뒤통수를 한 번 쓰다듬고는 가버렸다. 나는 아버지가 돌아가신 거라고 단정 지었다. 나는 주체할 수 없는 기분에 사로잡혀 소리 내어 엉엉 울었다.

뒤따라오던 경호가 헐레벌떡 뛰어와 내 앞에 섰다. 경호에게 약한 모습을 보이는 게 싫었지만 상황이 상황인지라 어쩔 수 없었다.

아버지가, 아버지가 돌아가셨어. 나는 맥없이 경호에게 말했다. 그러나 경호는 나를 빤히 쳐다볼 뿐 이렇다 할 말도 하지 않았다. 평소에 그렇게 무시하던 경호였지만, 정작 그가 나에게 어떤 말도 해주지 않았다는 사실에 자존심이 상했다.

"넌 친구도 아냐, 인마."

"저기."

경호는 입술만 옴짝달싹하며 뜸을 들이더니 코가 줄줄 흐르는 그 면상을 내 앞에 들이대는 것이다. 초점이 불분명한 그의 눈이 평소와 달리 반짝거렸다. "우리 엄마가 그러는데, 아니, 이 동네 사람은 죄다 알고 있대. 그러니까 우리 엄마가 퍼뜨린 것도 아니고."

화들짝 놀라며 횡설수설하는 그의 서설에 무서운 말

이 튀어나올 것 같아 가슴이 쿵쿵거렸다. 어서, 어서 말해봐. 나는 경호를 재촉했다.

"그게, 그러니까, 엄마가 너한테 말하지 말라고 했거든. 내가 말해줬다고 하면 안 돼. 알았지?"

"알았다니까! 무슨 말인데?"

"너희 아버지 바람났대. 숲 다방 미스 최랑 바람에 도망간 거래. 너희 엄마는 진작부터 알고 있었는데 모른 척한 거래."

나는 눈앞이 하얘졌다. 상상도 못 한 반전이다. 아버지가 우리를 버린 것이 고작 그런 시시하고 지저분한 연애 때문이라니. 차라리 죽어버렸으면 이렇게 끈적끈적하고 더러운 기분은 들지 않았을 텐데. 지금 생각해 보면 그때의 그 기분은 맨 처음으로 동경했던 여배우의 추잡한 연애 기사를 읽었을 때의 기분과 똑같다. 처음엔 배신한 사람에 대한 분노가, 그다음에는 버림받은 것에 대한 허탈함이, 또 그다음에는 소중한 것을 잃어버렸다는 슬픔이 차례대로 찾아왔다. 그리고 그 감정들은 뒤범벅이 되어서 한동안 아버지를 떠올릴 때마다 함께 따라오곤 했다. 사춘기를 지나는 동안에 변덕이 심해지고, 이렇다 할 이유 없이 반항하게 된 것도 이때 형성된 아버지에 대한 불신도 한 몫하였으리라.

엄마는 아버지가 돌아오지 않은 그다음 날부터 분식

점에 일자리를 구해 생계를 꾸려나가기 시작했다. 말수가 적고 남과 말 섞는 것에 서툰 엄마가 언제 일자리를 알아보고 구한 것인지 의문스러웠는데, 우연히 길수 아저씨의 도움을 받았다는 걸 알게 되었다. 곱다는 말을 종종 듣던 엄마였다. 엄마는 길수 아저씨에게 부에 넘치는 사람이다. 나는 길수 아저씨가 엄마를 짝사랑한다는 그 사실 자체가 혐오스러웠다. 어쩌면 아버지는 엄마와 길수 아저씨를 오해해서 홧김에 미스 최와 떠나버린 것인지도 모른다. 마담도 아니고 일개 레지 나이 서른다섯이면 많아도 한참 많은 축에 드는데 미스 최는 단골 아니면 불러주는 사람도 없었다. 나도 몇 번인가 미스 최를 본 적이 있다. 비가 오는 날에 도배하는 사람은 없었다. 아버지는 공치는 날이면 으레 비번인 버스 기사 아저씨들과 종점 사무실에 모여서 낮부터 술을 마시거나, 포커를 쳤다. 따는 날보다 잃는 날이 더 많은 사람은 아버지였고, 아버지는 밑천이 바닥나면 숲 다방에 전화를 걸어 미스 최에게 커피 배달을 시켰다. 미스 최는 아버지에게만 특별히 외상으로 커피를 날라다 주었다. 숲 다방 말고도 다방은 세 군데나 더 있었는데 미스 최는 거기서도 제일 나이 많은 레지였다. 더 나이 어리고 싱그러운 레지를 불렀으면 하는 바람을 다른 아저씨들은 가지고 있었을 터이지만 공짜 커피를 마실 수 있기 때문에 잠자코 있는 것 같았다. 나는 엄마 심부름으로 아버지를 찾기 위해서 종점 사무실을 기웃거리곤 했다. 커피는 이미 바닥나고 정해진 시간이 한참 지났는데도 미스 최는 다방으로 돌아가지 않고 포커 치는 걸 구경하거나, 소재용 가위로 손톱을 다듬곤 했다. 아마도 어린 레지들처럼 찾는 곳이 별로 없어서 오래도록 앉아서 그들과 찐한 농을 주고받으며 시간을 보내는 것 같았다. 포커 구경도 슬슬 지겨워질 때쯤이면 아버지는 자리에서 벌떡 일어나 소주병에 숟가락을 꽂고는 '갈대의 순정', '마포종점', '미워도 다시 한번' 등을 구성지게 불렀다. 목소리까지 떨어가며 감탄사를 터뜨리는 미스 최는 아버지의 열렬한 팬이었다. 미스 최는 미인과는 거리가 먼 축에 들었다. 말머리처럼 길쭉한 얼굴에 턱은 뾰족하게 찌를 듯하고 코는 매부리코였다. 게다가 짙은 화장에도 불구하고 굵기도 제각각이고 실밥 자국도 선명하게 남은 쌍꺼풀이 영 눈에 거슬렸다. 무허가 미용실에서 싼값에 시술받아서 실패한 거라고 미스 김이 삑사리 아저씨에게 소곤거리는 걸 언젠가 들은 적이 있었다. 그리고 여드름 까맣게 죽어 거뭇거뭇했는데 아무리 화장해도 감춰지지 않는 모양이었다. 거뭇한 피부는 미스 최를 나이보다 더 늙어 보이게 했다. 그런 미스 최에게 예쁘다고 말해주는 사람 또한 아버지뿐이었다. 팬 서비스치고는 꽤 후한 것이었다. 고운 마누라랑 살면서, 어떻게 미스 최에게 예쁘다는 말이 나오지? 아저씨 하나가 핀잔을 주자 나머지 사람들은 하하하, 하고 웃었다. 웃지 않는 사람은 아버지와 미스 최뿐이었다.

하필이면 하고 사람들은 이야기한다. 나도 마찬가지였다. 왜 하필이면 미스 최와 도망갔을까, 아버지는 레지 중에서 젊고 몸매 좋은 레지들도 많은데.

나는 김밥을 말고 있는 엄마를 훔쳐보다가 돌아섰다. 조금 후면 길수 아버지가 올 것이다. 십 분 전에 123번 버스가 종점 입구에 들어가는 것을 보았으니, 삼십 분 후면 여기로 찾아올 것이 분명했다. 나는 그와 맞닥뜨리고 싶지 않다. 그러나 타이밍을 잘못 계산한 것인지 종점 입구 폐타이어 더미에서 길수 아저씨와 땡칠이가 마주쳤다. 길수 아저씨는 상처에 약을 발라주고 있었다. 쓰라린지 땡칠이는 고개를 연신 절레절레 흔들면서도 약을 발라주는 손길을 뿌리치지는 않았다. 나는 주먹을 불끈 쥐고 종점 입구를 천천히 지나갔다. 땡칠이와 눈이 마주쳤다. 나는 발밑에서 돌 하나를 주워들었다. 땡칠이를 향해 던질 생각은 없었다. 땡칠이가 머리를 아래로 흐느적거리며 늘어뜨리는 게 이상했던지 길수 아저씨가 고개를 돌려 나를 보았다.

"희범아, 학교 갔다 오는 길이니?"

그 특유한 가늘고 여린 목소리로 나에게 말을 걸어왔다. 그러나 나는 그를 무시하고 지나갈 셈이었다. 어림없어요. 당신 주제에 어딜 넘봐요. 목구멍에서 가래가 들끓어 올랐다. 목에서 가래를 끌어올려 바닥에 탁 뱉으며 말했다.

"상관 말아요."

나는 그가 보는 앞에서 땡칠이에게 그 돌을 집어 던졌다. 다행인지, 불행인지 돌은 그의 발 앞에서 투박한 소리를 내며 떨어졌다. 그의 표정이 돌처럼 굳어졌다.

"말 못 하는 짐승도 다 느끼는 법인데, 그렇게 하면 못써. 아파하고 있다고."

"아버지 돌아오면, 전부 다 이를 거예요. 각오해요."

그의 표정이 흔들렸다. 동요하고 있음이 분명했다. 땡칠이는 배를 바닥에 붙이고 엎드렸다. 길수 아저씨의 핀셋 든 손이 파르르 떨렸다. 그러나 곧 고개를 내게서 거두고 조심스럽게 땡칠이 다리 상처에 약을 발라주었다. 땡칠이는 쓰라린지 가늘게 신음을 냈다.

그의 앞을 지나갈 때 나는 그가 혀를 내밀어 입술을 적시는 걸 보았다. 입술은 촉촉하게 젖어 윤이 났다. 그는 내게 무슨 말인가 더 하고 싶은 듯했다. 그러나 옴짝달싹하던 입술은 더 이상 미동을 보이지 않았다. 결국 그는 입을 꼭 다물고 말았다. 내가 이긴 것이다. 나는 씩씩하게 그들 앞을 지나갔다. 승자처럼.

2.

　아버지가 돌아왔다. 아버지는 혼자 돌아왔다. 동네 사람들은 미스 최의 행방이 궁금한 모양이었지만 아버지에게 선뜻 물어볼 염두는 못 내는 것 같았다. 엄마는 아버지를 용서하는 것처럼 보였다. 적어도 겉보기에는 그랬다. 하지만 밤이 되면 엄마는 아버지의 이부자리를 봐주고 잠은 내방에 건너와 잤다. 분식점에 일도 계속 나갔다. 엄마는 아버지를 용서하지 못하고 있음을 어렴풋이 짐작했다. 처음엔 안방의 불이 오래도록 꺼지지 않더니, 얼마 후에는 저녁이 되어도 안방에는 불이 켜지지 않았다. 아버지는 바깥출입도 하지 않은 채, 내가 저녁으로 날라다 주는 소주 두 병만 계속해서 비웠다. 엄마는 아침마다 빈 소주병을 대문 앞에 내다 놓았다. 숨 막히는 시간이 연일 계속되었다.
　"어때?"
　"뭐가?"
　"너희 아버지 말이야. 용서해 주기로 한 거니?"
　"몰라. 묻지 마."

“우리 엄마가 그러는데 미스 최 병 걸려서 너희 아버
지 버리고 혼자 돌아온 거래.”

경호는 콧물을 들숨과 함께 들이마셨다. 가려운지 까
만 떼가 낀 손톱으로 목덜미를 긁으며 말했다. 이 동네
에서 나보다 더 불쌍한 아이는 경호였다. 경호 엄마는
언제나 동네 소문의 중심에 있었다. 동네 사람들이 말하
길 경호 엄마는 배가 만삭만큼 불러 큰 옷 가방 하나만
들고 혼자의 몸으로 이 동네에 흘러들어왔다고 했다. 경
호 엄마는 열 달도 못 채우고 경호를 낳았고, 산후조리
없이 그다음 날부터 동네 미용실에서 비질하며 눈대중
으로 미용 일을 배우기 시작했다고 했다. 그리고 몇 달
뒤에 도매상에서 파마약, 중화제, 염색약, 파마 로드 등
을 사서 구색을 갖춘 다음 소위 지금의 출장 미용사가 되
었다. 물론 자격증도 없었지만, 시골을 돌아다니며 노인
들의 머리를 싼 가격에 해주는 일이다 보니 자격증이 딱
히 필요한 것도 아니었다. 수입은 꽤 괜찮은 모양이었지
만, 초창기 때 어느 시골 미용실 주인 여자에게 덜미가
잡혀 머리카락이 한 움큼 뽑혔는데 그 자리에 머리카락
이 안 돋아 원형탈모증 환자처럼 보였다. 그러나 이제
세월이 그녀를 단단하게 만들어주었는지 그것을 영웅담
처럼 이야기하곤 하였다. 그러나 영구 머리를 연상하게
하는 그 땜질을 볼 때마다 나는 웃음이 났다. 그건 나쁜

만 아니라 이 동네 모든 사람이 그러했다. 게다가 요즘에는 과일 상회 김 씨 아저씨와 정분이 났는데 김 씨가 경호를 눈엣가시처럼 싫어한다는 말을 김 씨 아저씨를 단골로 둔 미스 김이 미스 최에게 하는 말을 우연히 들은 적이 있었다. 이 동네에서 그 사람을 모르는 사람은 경호뿐이었다. 경호는 세상에서 엄마를 가장 좋아했고, 바보같이 엄마 말이라면 모두 진실이라고 믿고 시키는 건 뭐든지 다 하는 그런 아이였다. 그러나 경호 엄마는 경호를 그렇게 귀애하지 않은 탓인지- 아님, 김 씨가 경호를 싫어해서 정말 구박이라도 하는 건지- 소매가 빤질빤질하다 못해 윤이 나도 손수건 한 장 챙겨주지 않았다.

그러나 소문의 중심에 우리 식구가 놓이다 보니 생각이 달라졌다.

나는 경호가 손톱의 때를 빼내느라 정신이 팔린 참에 주먹으로 그의 복부를 가격했다. 경호는 무방비 상태로 뒤로 밀려났다. 도로로 밀려난 경호는 중심을 바로 세우지 못하고 종잇장처럼 흔들렸는데 그때 막 버스 한 대가 들어오는 게 보였다. 경호는 엉덩방아를 찧고 주저앉았다. 나는 번갯불을 맞은 것처럼 두 눈이 번쩍 뜨였다. 경호의 팔을 잡기 위해서 손을 뻗었지만 팔은 허공에서 뻣뻣하게 굳을 따름이었다. 온몸이 굳고 심장은 바닥으로 곤두박질치고 이마와 등에 식은땀이 흘렀다. 무서웠다.

“경, 경호야.”

입에서 말은 맴돌 뿐이었다. 그리고 아래쪽에서 따뜻한 기운이 몰려들었다. 바짓가랑이를 타고 노랗고 찝찝한 물줄기가 양말과 운동화를 적셨다.

버스가 경호를 덮치기 적전 나는 눈을 감았다. 나는 영원히 눈 뜨지 않기를, 그리고 시간이 멈춰버리기를 간절히 바랐다. 하지만 그런 일은 일어나지 않는다는 걸 알고 있었기 때문에 짧은 시간에도 불구하고 절망감을 느꼈다.

“조심해야지.”

암흑 속에서 귀에 익은 음성이 들려왔다. 누굴까. 누군가 나의 팔을 잡았다. 이대로 끌려가는 것일까. 어디로 끌려가는 걸까. 소년원에 가게 되는 것일까. 천천히 눈을 떴다.

“도로에서 장난치면 안 돼. 위험하잖아. 근데 바지가 왜 그래?”

나의 팔을 잡고 있는 손은 경호의 것이었다. 경호는 코를 들이마시며 수박씨 같은 눈으로 나를 바라보았다. 귀에 익은 음성은 경호가 아닌 길수 아저씨였다. 길수 아저씨는 버스 차창을 열고 고개를 내밀어 나를 내려다보고 있었다.

얼굴이 화끈거렸다. 몸을 돌려 반대 방향으로 뛰었다.

경호가 부르는 소리가 들렸다. 그 소리가 들리지 않는 곳까지, 그들이 보이지 않은 거리만큼 한달음에 뛰어가서는 주저앉았다. 그리고 멈췄던 숨을 한꺼번에 내뱉었다.

대문에 들어섰다. 빈집처럼 조용했지만, 아버지 신발이 가지런히 놓여 있는 것으로 보아 아버지는 방에 있는 모양이다. 나는 내 방으로 돌아와 속옷과 바지를 갈아입었다. 그것들을 세탁기에 넣으려다가 부엌에서 까만 비닐봉지를 꺼내 바지와 속옷, 양말을 뚤뚤 뭉쳐서 집어넣고는 미련 없이 쓰레기통에 버렸다.

방문 앞에 빈 소주병이 나와 있었다. 나는 노크도 없이 방문을 벌컥 열었다. 아버지는 책상에 앉아 뭔가를 쓰고 있었는데 열없는 말간 얼굴로 나를 바라보았다. 수척하고 퀭한 얼굴에 눈빛만 살아 있었다. 조금 전에 있었던 일을 아버지에게 말하고 그 품에 달려들어 안기고 싶은 욕망이 일었다. 그러나 생각지도 못한 말이 입에서 불쑥 튀어나왔다.

"아버지, 왜 돌아오셨어요?"

아버지의 눈동자가 잠시 흔들렸다. 나는 스스로가 놀랄 만큼 냉정하고 차분하게 아버지와 마주하고 있었다.

"정말 우리 버리고 도망갔던 거예요? 또다시 그 여자한테 갈 거예요? 말씀 좀 해보세요."

아버지는 천천히 고개를 저었다. 나는 침묵으로 일관

하고 있는 아버지의 태도에 심한 적개심이 일었다. 나의 영혼은 지칠 대로 지쳐 쉬고 싶었으며 따뜻한 위안이 절실히 필요했다.

"나중에 얘기하자꾸나. 하지만, 분명한 것은 네가 오해하고 있다는 거야. 진실은 그게 아니야. 아버지를 이해해주렴."

나는 문을 쾅 닫고는 내방으로 돌아왔다. 그렇게까지 심한 말을 할 생각은 없었다. 몽이가 내 이불 속에서 꼼지락거리다가 바깥으로 머리를 밀고 나왔다. 나는 몽이를 가슴에 품고 소리죽여 울었다. 내가 오늘 경호에게 한 짓은 아무래도 용서할 수 없는 성질의 것이었다. 아버지에게 해서는 안 될 말을 하고야 말았다. 내 정신은 점점 피폐해져 가고 있었다. 내일 경호에게 용서를 빌어야 한다. 나는 몽이를 더 꽉 껴안으며 그렇게 다짐했다. 몽이는 나의 슬픔을 아는지 내 손등을 조금씩 핥아주었다. 며칠째 몽이는 내 방에서 나와 함께 지내고 있었다. 땡칠이와 몽이를 떼어 놓기에 이보다 더 좋은 방법이 없기 때문이었다. 땡칠이는 빈 마당을 배회하다가 돌아가더니 더 이상 우리 집에 출입하지 않았다.

엄마는 평소보다 늦게 집에 돌아왔다. 안색이 좋지 않았다. 아버지는 술을 찾지 않았다. 내가 한바탕 난리를 부린 탓인 것 같았다. 누구도 먼저 말을 꺼내는 사람 없이 밤은 깊어져 가고 나는 잠이 들었다.

다음 날 아침 경호를 피해 일찍 등교하였다. 그러나 경호는 오후가 되어도 학교에 나타나지 않았다. 몸이 아파 결석했다는 담임선생님의 말에 내 마음이 불편해졌다. 모든 게 내 탓인 것 같아 집으로 돌아가는 발걸음이 무겁고 또 한편으로는 몹시 허전하였다. 그러고 보니, 항상 경호와 함께 있었다. 경호의 존재가 이렇게 크게 느껴질 줄을 꿈에도 몰랐다. 날씨는 야속하게도 맑았다. 스웨터를 벗어 가방에 쑤셔 넣었다. 그러고 보니 삼월 말. 봄이 오고 있었다. 가로수마다 연한 잎들이 돋아 나고, 폐타이어로 만든 울타리에 거무죽죽하게 서 있던 목련 나무는 이미 꽃들을 하얗게 피우기 시작했다. 세차장 고무호스에서 뿜어져 나오는 물줄기도 햇살에 반사되어 반짝거렸다. 평화롭고 아름다운 계절이 돌아온 것이다. 전선에 앉아 수다를 떨던 새들이 일제히 날아올랐다. 그러나 그것은 전부 나와 무관하게 아름다운 것이었다. 지금 나는 겨울보다 더 춥고 힘겨운 시간을 보내고 있을 따름이었다.

멀리서 넓적한 냄비에 물을 붓고 고추장을 풀고 있는 엄마의 모습이 보였다. 유리문에 붙은 종이에는 〈김밥 한 줄 팝니다.〉라고 바르게 고쳐져 있었다. 노란색 유치원 유니폼을 입은 한 떼의 아이들이 병아리처럼 그

앞을 지나가고 있다. 손가락을 빨고 있는 아이 하나가 입에서 손가락을 빼고는 떡볶이를 가리켰다. 벙긋벙긋 하는 입 모양을 보니, 맛있겠다는 말을 한 모양이었다. 엄마는 오랜만에 하얀 이를 드러내고 웃었다. 내 마음도 어느 정도 해토처럼 풀렸다.

경호는 집에 없었다. 엉성한 담벼락에는 철쭉이 핏빛을 뿜으며 피어 있었다. 까맣게 썩어든 나무 대문을 닫고 우편함에 유리구슬 다섯 알을 집어넣고 돌아왔다. 얼마간 마음이 홀가분해짐을 느꼈다.

아버지뿐인 집에 일찍 들어가기 싫었지만, 경호 없이는 딱히 갈 곳도 없었다. 와도 끝에 돌아온 아버지는 몰래 숨어든 쥐 같은 존재였다. 아버지는 그렇게 엄마와 나의 신경을 갉고 있었다. 죽어버렸으면 좋겠다는 말을 입 밖에 뱉은 마당에 아버지와 마주하기도 거북스러워 인사 없이 내 방에 들어와 이부자리에 드러누웠다. 눈꺼풀이 점점 무거워지더니 설핏 잠이 들고 말았다.

어디서 여자의 날카로운 비명이 들려왔다. 본능적으로 나는 눈을 떴다. 그러나 몸은 젖은 솜처럼 무겁게 가라앉아 뜻대로 움직여지지 않았다. 나는 결국 자리에서 일어나는 것을 포기하고 도로 눈을 감고 깊은 잠에 빠져들고 말았다.

경호가 우편함에서 유리구슬을 꺼내고 있었다. 다섯

알의 유리구슬을 차례대로 삼켰다. 구슬은 까놓은 포도알처럼 옅은 풀색이었는데 경호의 손바닥에서 하나씩 사라져 갔다. 나는 경호를 말리려 했지만, 그때처럼 몸이 내 마음대로 움직여지지 않았다.

"유리구슬을 먹는다고 사람이 죽지 않아."

경호가 나를 보며 말했다. 경호의 코에서는 더 이상 콧물이 나오지 않았다. 그때 마당에서 땡칠이가 뛰어나와 경호 옆에 붙어 섰다. 이상한 일이었다. 땡칠이 다리의 상처는 말끔히 사라지고 없었다. 처음부터 없었던 것처럼 말이다. 나는 경호와 땡칠이를 번갈아 보며, 다시 아랫도리에 따뜻한 기운이 몰려오는 것을 느꼈다. 몸이 뻣뻣해졌다. 마려운 것도 아닌데 찔끔찔끔 나오다니. 나는 몸을 돌려 집으로 뛰어갔다.

눈을 떴다. 손을 바지에 넣어 확인했지만, 속옷은 젖어 있지 않았다. 다행이야, 안도의 한숨과 몸을 일으켜 세우는데, 이불이 땀에 젖어 있었다. 눅눅해진 이불을 걷고 자리에 일어섰다. 집안은 조용했다. 아버지의 구두가 보이지 않았다. 어디 나가신 걸까. 운동화를 꿰고 마당에 나서는데 몽이가 불안하게 눈알을 굴리며 매어 놓은 염소처럼 제자리를 빙글빙글 돌고 있었다.

바깥은 사람들의 웅성거림으로 소란스러웠다. 대문을 열고 밖을 내다보았다. 경호 집에 동네 사람들이 모여 있었다. 자석에 붙은 듯이 내 발걸음은 자연스럽게 경호의 집을 향해 움직였다. 엄마와 아버지의 모습도 보였다. 길수 아저씨도 땡칠이를 옆에 두고 서 있었다. 그러나 정작 경호와 경호 엄마는 보이지 않았다.

"무슨 일이에요?"

나는 엄마의 윗도리를 잡아당겼다. 엄마는 몸을 숙여 나를 끌어안았다.

"무서운 일이야. 무서운 일이 일어난 거야. 아니, 슬픈 일이야. 세상에 이런 일이."

엄마는 넋 나간 사람처럼 중얼거렸다. 나는 손을 뻗어 우편함에 집어넣었다. 차갑고 매끄러운 촉감이 느껴졌다. 유리구슬은 처음 내가 놓아둔 그대로 있었다.

조금 후, 들것이 나왔다. 하얀 천이 덮여 있었으나 그것이 경호임을 직감적으로 알았다. 엄마의 말처럼 무서운 일이 일어난 것 같았다. 어머나, 세상에나, 어떻게 이런 일이, 짐승만도 못한 사람들의 입에서 자기가 할 수 있는 최대한의 감탄사들이 쏟아져 나왔다. 들것이 휘청하더니 축 처진 팔 하나가 밖으로 미끄러져 나왔다. 사람들은 또 한 번 저마다 안타까움이 깃든 감탄사를 터뜨렸다. 어른 손 하나가 나의 눈을 가렸다.

순간 내 시야는 그 끔찍한 광경에서 차단되었다. 그 손은 아버지의 것이었다. 아버지의 손가락들 사이로 들

것 뒤로 경호 엄마가 보였다. 은빛 팔찌가 반짝거렸다. 그것은 텔레비전에서나 봤던 진짜 수갑이었다. 그때였다. 고개를 푹 숙인 채 들것 뒤로 따라가는 경호 엄마를 향해 누군가가 돌멩이를 던졌다. 그녀의 땜빵 난 자리에 날아가 정통으로 맞혔다. 몇 개의 돌멩이가 더 날아왔다. 경찰들은 돌멩이를 피하고자 경호 엄마의 발걸음을 재촉했다. 경호 엄마는 경찰차에 밀어 넣어졌고, 경호를 실은 구급차보다 먼저 현장을 빠져나갔다. 김 씨 아저씨는 보이지 않았다.

"화장실에서 건졌다지? 저, 땡칠이가 화장실 앞에서 계속 짖었대. 옆집 건희 엄마도 하도 이상해서 가봤다지 뭐야."

"왜 그런 거래?"

"김 씨하고 정분난 거지, 뭐."

"그렇다고, 애를 죽여? 입 다물고 말 안 하는 거 봤지? 경호 엄마 그렇게 독할 줄 누가 알았어? 참 무서운 세상이야."

"그러게 말이야. 우리 동네에 이런 일이 생길 줄이야."

사람들이 모두 흩어지고도 나는 한참 동안 그 자리를 떠나지 못했다. 경호에게 조금 더 친절하게 해주었으면 좋았을 텐데, 진작 갖고 싶어 할 때 유리구슬을 나눠주는 건데, 코 닦는 손수건 하나 사줬다면 이렇게 안타깝고 사무치게 아프지는 않았을 텐데.

　나는 까마득한 어둠을 품고 있는 경호네 집을 오래도록 떠나지 못했다. 겁이 많아서 한밤중에 화장실도 못 가는 나였지만, 이상하게도 무섭지 않았다. 나는 처음으로 죽음에 대해서 생각했다. 그리고 형용할 수 없는 슬픔이 밀려왔다. 나는 꼬챙이를 하나 주워 땅바닥을 후벼 팠다. 그리고 유리구슬을 땅에 묻었다. 나를 병신이라고 놀리지 않은 유일한 친구 하나를 잃고 말았다.

3.

　경호의 죽음은 나를 얌전한 아이로 만들어 버렸다. 더 이상 몽이와 땡칠이 사이를 훼방 놓지도 않았다. 처음엔 나만 보면 질겁하고 도망가던 땡칠이는 시간이 조금 흐르자, 나에게 멀찍이 떨어져 가끔 꼬리를 흔들며 반기기까지 하였다.

　몽이가 뚱뚱해지고 식탐이 많아진다고 느꼈더니 몽이가 임신한 것 같다고 엄마가 귀띔해 주었다. 자세히 보니, 정말 살이 찐 것이 아니라 배가 불러오고 있었다. 유독 올여름엔 바람이 많이 분다고 엄마는 빨래를 널며 말했다. 엄마는 더 이상 분식점에 나가지 않았다. 아버지가 도배 일을 다시 시작했기 때문이었다. 그러나 아버지는 예전처럼 술도 마시지 않고, 노래도 부르지 않았다. 대신 책상 밑에 앉아 뭔가를 긁적거리는 일이 많아졌다. 아버지가 없는 틈을 타서 그것을 몰래 봤는데 연과 행이 나뉘어 있는 걸로 보아서 시 같았다. 꽃잎은 요요히 떨어지는데 인생은 낙엽처럼 밟히니, 나에게 아버지 시는 어려워 무슨 뜻인지 이해되지는 않았으나, 아버지가 이렇게 어려운 말들을 척척 적어내는 게 신기하기만 했다. 그리고 연습장을 꺼내 죽음에 관하여 생각나는 대로 적어보았다. 죽음, 끝, 경호, 하늘나라, 저승사자, 귀신, 부활.

선생님이 들려준 말이 기억났다. 사람은 죽으면 하늘나라에 가기도 하지만, 다시 태어나기도 한다고 했다. 다시 태어나는 걸 부활이라고 했다. 경호는 다시 태어났을까? 무엇으로 다시 태어났을까, 이번에 다시 태어나서 버스 기사가 된다고 하더라도 비웃지 않으리라. 나는 경호가 그리워졌다.

"너희 집 강아지니?"

학교를 마치고 돌아와 대문에 들어서려 하는 데 담벼락 옆에서 한 여자아이가 서 있었다. 여자아이의 품에는 몽이가 안겨져 있었다. 나는 대답 대신 고개를 끄덕여 보였다.

"예쁘다. 참 예쁜 강아지네. 나, 어제 이 동네에 이사

왔어. 너 이 집에 살지? 우리 앞으로 친하게 지내자. 난 숙희라고 해. 김숙희”

“난 박희범. 그리고 얜 몽이.”

“몽이. 이름도 예쁘다.”

“새끼 낳으면 한 마리 줄게.”

“정말? 언제 낳는대?”

조만간 낳을 거야, 나는 새끼손가락이 보이지 않게 손을 내밀어 몽이를 받아안았다. 숙희가 종점에 새로 지은 주유소 외동딸이라는 것은 다음날 학교 가서 알게 되었다. 미국에서 살다 와서, 학기가 맞지 않아 내년에 새 학년으로 입학한다는 얘기도 들었다. 몽이로 인하여 나와 숙희는 친구가 되었다.

땡칠이와 교배하였으리라는 나의 예상은 적중했다. 몽이가 나은 강아지는 모두 다섯 마리였는데, 흰색, 회색, 누런색이 골고루 섞인 녀석 들었다. 숙희는 다섯 마리중에서 가장 작고 연약해 보이는 미미를 골랐다. 다섯 마리의 이름도 전부 숙희가 지어주었다. 연이, 실비, 단지, 세리, 미미. 나는 암만 들여다봐도 고놈이 고놈 같은데 숙희는 구별해서 이름까지 불러주었다.

엄마 젖을 더 먹고 건강해지면 데리고 갈 거야. 누구 주면 안 돼. 숙희는 매번 새끼손가락을 보이며 약속했지만, 나는 숙희의 새끼손가락에 내 새끼손가락을 걸지 못했다. 숙희에게 새끼손가락을 보이고 싶지 않았다.

학교에서 돌아오는 길에 한바탕 싸움이 벌어진 것을 목격했다. 한달음에 뛰어가서 어른들 틈바구니에서 그 광경을 지켜보았다. 낯익은 얼굴이 보였다. 다름 아닌, 길수 아저씨였다. 덩치가 크고 우락부락하게 생겨서 우리에게 킹콩이라고 불리던 아저씨가 길수 아저씨의 멱살을 잡아 흔들고 있었다.

"이 새끼야, 네가 뭘 안다고 나불거려?"

글쎄, 길수 저 양반이 박 씨 비위를 건드렸지 뭐야. 물론 술 먹고 운전한 박 씨도 잘못이지만, 이십 년 무사고 경력에 오점을 남겼으니 그걸 고자질한 길수도 잘못했지, 뭐. 이번에 박 씨가 아전 운전 표창장 받을 차례였다지. 딱하게 됐어. 둘 다.

길수 아저씨는 킹콩 아저씨에게 심하게 맞았고, 말릴 엄두도 못 내고 있던 구경꾼 중에 나이 지긋한 남자가 중재에 나섰다. 싸움이라기보다 그건 길수 아저씨가 일방적으로 당할 뿐이었다. 입가와 코에 피를 줄줄 흘리며 길바닥에 털썩 주저앉은 길수 아저씨의 눈에 눈물이 그렁그렁 맺혀 있었다.

"위험하니까."

구경꾼들은 그의 고지식하고 순박한 성품에 혀를 내두르고는 자리를 떴다. 길수 아저씨의 아버지는 음주로 버스를 몰다가 사고가 났는데 그때 버스를 타고 있던 승객이 모두 죽었다고 했다. 나는 고개를 절레절레 흔들었다. 나는 한동안 그를 피해 다녔었다. 하지만 앞으로 그를 피하지 않기로 다짐했다. 땡칠이만이 그 자리에 남아 그를 지켜주었다. 숙희는 여름이 다 가기 전에 나시 미국으로 떠나버렸다. 미미를 데리러 오겠다고 말했지만 나는 그 말을 믿지도 않았다. 나는 숙희에게 내 새끼손가락을 들키지 않았다는 것이 그 애와의 이별보다 더 컸던 모양인지 한동안은 마음이 편안했다. 그러던 어느 날 우연히 미미의 한쪽 다리가 몽이처럼 짧은 것을 알게 되었다.

학교에서 숙희의 사촌이라는 아이를 통해서 숙희가 미국으로 간 사연을 듣게 되었다. 거기 왜, 종점에 주유소 있잖아. 거기 사는 내 사촌이라는 애. 걔 다시 미국에 갔어. 심장이 약해서 수술받으러 가는 건데 성공할 확률이 십 퍼센트도 안 된대. 친척들 전부 걔가 죽으러 가는 걸 알고 작별 인사하러 갔는데, 글쎄 걔가 강아지랑 같이 보내달라고 숙모한테 떼를 엄청나게 썼나 봐. 미국 가면 더 예쁜 강아지도 많을 텐데 왜 굳이 데려간다고 그러는지. 그것도 다리가 하나 짧은 병신에다 잡종이래. 숙모가 걔 때문에 엄청나게 울었어.

그날 저녁 나는 열이 40도나 올랐다. 병원에서는 해열

제를 처방해 주며 감기, 몸살이니 집에서 쉬면 괜찮아질 거라고 했다. 엄마는 온종일 내 옆을 지켜주었다. 아버지도 도배 일이 없는 날이면, 바깥출입도 하지 않고 손수 물수건을 갈아주었다.

나는 꿈속에서 경호와 숙희를 번갈아 가며 만났다. 약에 취해서 고통스럽게 잠이 들었는데 한 번도 만난 적이 없는 경호와 숙희가 서로 친구 하기로 했다며 함께 나오기도 했다.

"미스 최가 위암 말기 진단받고는 고향에 내려가고 싶다고 하는데 그냥 둘 수가 없었소. 왜냐하면, 내 노래를 세상에서 가장 황홀하게 들어준 팬이었거든. 길수와 당신이 이복 남매라는 것에서 서로에게 느끼는 연민과 동정, 그런 거와 비슷할 거요. 사람이 죽어가는 걸 지켜본다는 게 얼마나 힘든 일인지. 미스 최를 고향에 데려다주고 한동안 여기저기 돌아다녀도 보았소. 그리고 문득 뭔가가 쓰고 싶어서 견딜 수가 없는 거요."

엄마는 내 머리에서 물수건을 갈아주었다. 길수 오라버니는 참으로 고지식한 사람이에요, 내가 집안 내력 때문에 불행하게 살까 봐 전전긍긍해요. 숨긴다고 어디 숨겨지나요. 전 희범이 가졌을 때 혹시 병을 갖고 태어날까 봐 얼마나 가슴 졸였는지 몰라요. 새끼손가락 마디 하나 없는 것쯤이야. 엄마는 내 손을 꺼내 마디 하나 부족한 새끼손가락을 꼭 쥐었다. 따뜻했다.

　나는 열에 들뜬 채로 실낱같이 눈을 떴다. 형광등 불빛에 도로 눈을 감았다. 바깥에서는 가을비 내리는 소리가 차갑게 들려왔다. 저 가을비가 내 몸의 열들을 식혀 주는 것 같았다.

「새끼손가락」 당선작 심사평

「새끼손가락」은 신체장애를 지닌 작중 화자의 눈에 비친 세상의 비루한 풍경이 맞깔스럽게 묘사된 점이 돋보였다. 마디 하나가 없는 새기손가락을 지닌 주인공과 앞발 하나가 없는 몽이라는 개의 동질성과 연민, 주변 인물들과의 얼개가 짜임새 있게 연결 고리를 갖추고 있으면서 반전까지 있어 완성도와 흡인력이 강했다.

- 제75회 한국소설 신인상 심사평 심사위원 공애린 소설가
-『한국소설』2023년 5월호에서

전하지 못한 말

1.

　나는 밤에 잠들기 전에 꼭 창문이 열려있나 확인하고 자는 버릇이 있다. 그래야만 아침 햇살 냄새를 맡고 제시간에 기상할 수 있기 때문이다. 뽀송하게 마른 옷으로 갈아입고 나면 대충 반찬을 골라 밥을 차려 먹고 느릿느릿 하루를 시작한다.

　하루의 시작이라고 멋있게 표현하긴 했지만, 사실 별거 없다. 내 일과는 항상 같은 공원의 같은 벤치에 앉아서 해가 기우는 것을 느끼고 집에 돌아오는 것이 전부이기 때문이다.

　집에 돌아오고 나면 귀찮으니 저녁 식사는 생략하고 대충 물을 씻는다. 마음 같아선 그냥 가고 싶지만, 공원에서 잔뜩 쌓였을 먼지를 생각하면 차마 그럴 수가 없어서 씻는 것만큼은 매일 꾸준히 한다. 그러다 보면 어느새 짙어진 밤공기가 내 폐로 훌쩍 들어오는 순간이 있다.

그때가 바로 내가 이불을 펴고 잠에 드는 순간이다.

나의 삶은 특별한 거 없는 단조로운 일상의 연속으로 이뤄져 있다. 별다른 여가 생각을 하지 않기 때문에 소싯적에 모아둔 돈과 엇나가지 않고 잘 자라준 아들 둘이 주는 용돈만으로도 충분히 살아갈 수 있다. 그래서 굳이 돈을 벌기 위해 노력하지 않는다. 사실대로 말하자면, 나는 돈을 벌고 싶어도 벌 수가 없는 몸이다. 원래부터 눈이 썩 좋은 편은 아니었던 데다가, 말년에 들어서면서 눈 건강이 급속도로 악화하는 바람에 지금은 빛의 밝기 정도밖에 구분 못 할 정도로 시력을 잃어버렸기 때문이다.

그 덕분인지는 몰라도 나는 어릴 때부터 남들보다 후각이 예민했다. 계절마다, 시간마다 맡아지는 공기의 냄새를 구별할 줄 알았다. 그뿐만 아니라 사람들이 각자 지니고 있는 특유의 냄새를 통해 그 사람의 모습을 기억하고 성향을 파악하기도 했다.

오감 중에서 후각에 가장 집중하던 나의 버릇은 눈이 보이지 않게 된 지금 매우 큰 빛을 발휘하고 있었다. 음식의 맛이 좋은지 나쁜지, 집 안의 청소 상태가 어떤지, 빨래가 잘 됐는지 안 됐는지 따위의 일상적인 부분들도 전부 냄새로 알 수 있었다. 냄새를 맡으면 분명 아무것도 보이지 않는데도 선명한 풍경이 그려지는 듯했다. 사람에게서 풍기는 냄새만으로도 그 사람의 생김새가 어느 정도 추측이 가능했다.

그런 내게 요즘 새로운 냄새가 흘러들어왔다. 늘 맡던 공원의 흙과 잔디 냄새 사이로 달콤한 샴푸 냄새가 끼어든 것이다. 앳된 목소리는 소녀가 아직 덜 자랐음을 알려줬고, 옷자락이 스칠 때마다 사락거리는 소리는 소녀가 항상 단정하게 교복을 입고 있음을 알려줬다. 샴푸 냄새가 짙은 것으로 보아 소녀는 분명 길게 늘어트린 머리카락을 갖고 있음이 분명하였다.

"안녕하세요, 할아버지!"

웃음기가 자글자글한 울림이 허공을 메웠다. 바스락거리는 봉투 소리와 함께 달곰한 팥빵 향기가 났다. 늙은이 입맛에 맞춘답시고 매번 팥빵만 사다 주는 소녀가 웃기기도 하고 기특하기도 했다. 네가 좋아하는 빵을 같이 사 오라는 내 말에도 꿋꿋하게 팥빵만 두 개씩 사 오는 소녀의 고집은 두저히 이길 수가 없었다.

"마침 팥빵이 다 떨어져서 새로 구웠대요. 그걸 제가 타이밍 좋게 바로 사 왔어요."

"그래, 고맙구나."

폭신폭신한 빵을 내 손에 들려주고 자기도 빵을 먹기 시작한 소녀가 내 옆자리에 앉으며 말했다.

"할아버지는 왜 맨날 여기에만 계셔요? 지루하지 않아요?"

"네 덕분에 지루할 틈이 없다. 여기가 내게 제일 편한 공간이야."

"신기해요. 저는 할아버지처럼 가만히 앉아있기만 한 건 절대 못 할 것 같아요."

"그러냐?"

"네, 심심해서 어떻게 그래요? 차라리 전 공부를 하는 쪽이 더 즐거울 거예요."

빵을 우물거리며 조잘조잘 떠드는 소년의 모습이 보이진 않아도 느낌으로 충분히 알 수 있었다. 이제 겨우 중학교에 입학하여 새로운 학교, 생활을 시작한 소녀는 넘실대는 파릇파릇한 에너지를 갖고 있었다. 처음에는 그 에너지가 소녀의 젊음에서 나오는 건가 싶었지만, 아니었다.

주변 사람들의 기분을 따뜻하게 만들어주고 덩달아 열정적으로 행동하게끔 해주는 그 힘은, 온전한 소녀의 힘이었다. 젊은 사람이라고 해서 가능한 게 아니었다. 소녀이기 때문에 가능한 일이었다.

"할아버지, 제 말 듣고 있어요?"

"그럼, 듣고 있지."

"거짓말, 아까부터 계속 딴 생각 하고 계셨잖아요. 제 말 안 들으셨죠?"

토라진 소녀가 뽀로통한 목소리로 내게 불평을 토했

다. 나는 대답하는 대신 손을 들어 올렸고, 소녀는 바람 빠지는 소리를 내며 내 손으로 제 머리를 갖다 댔다. 전에 한 번 소녀의 머리를 쓰다듬어 주고자 손을 들었다가 위치를 찾지 못해 허공만 계속 더듬은 이후로 소녀는 늘 내가 손을 들면 자연스럽게 자신 머리를 내게 기울이곤 했다.

소녀의 머리를 두어 번 쓰다듬고 다시 손을 내리자 소녀도 제자리로 들어갔다. 이렇게나 사랑스러운 아이가 왜 나처럼 다 늙은 사람에게 매일 같이 찾아오는지 잘 모르겠다. 분명 주변에 자기와 더 잘 맞는 또래들이 많을 텐데 말이다.

"너는 안 심심하냐?"

"뭐가요?"

"다 늙어가는 할아버지랑 얘기하는 거 말이다."

"하나도 안 심심해요!"

"그러냐?"

"네, 그리고 할아버지, 다른 분들에 비해서 훨씬 젊어 보이세요."

본인이 말해놓고도 웃기는지 소녀가 말간 웃음을 섞여 들었다. 일순간 샴푸 냄새가 스쳐 지나갔다. 아마 소녀의 머리카락이 바람에 살짝 흔들리며 향기를 흩뿌렸나 보다.

"오늘은 이만 집에 가렴."

"왜요? 아직 시간 말이요!"

"벌써 노을이 지고 있지 않니. 밤 되기 전에 집에 들어가."

"할아버지, 눈 나쁘다는 거 사실 거짓말 아니에요? 어떻게 그렇게 시간을 정확하게 아세요?"

"저녁 시간쯤엔 햇살 냄새가 흩어지기 시작한단다. 그 냄새로 아는 거야."

소녀는 믿지 못하겠다는 듯 그런 게 어디 있냐는 둥, 할아버지만 맡을 수 있는 냄새라는 등 작게 툴툴거리다가 이내 자리를 털고 일어나며 말했다.

"그럼, 이만 가볼게요. 내일 봬요, 할아버지."

"그래."

터벅터벅, 지척에서 시작된 거침없는 발소리가 점차 멀어졌다. 소녀가 남기고 간 어렴풋한 향기가 바람에 날아갔다.

나는 소녀의 냄새가 완전히 사라지고 나서야 소녀가 주고 간 빵을 한입 베어 물었다. 달곰한 맛이 입안을 감돌 때마다 꼭 소녀가 아직 내 옆에 있는 것 같은 착각이 들었다. 그 착각이 나름 즐거워서, 나는 매번 소녀가 떠나고 난 다음에야 소녀가 준 간식을 먹곤 했다.

상쾌한 공기가 내 콧잔등에 내려앉았다. 아마 내일 날

씨도 맑을 것 같다는 좋은 예감이 들었다.

2.

"어때요, 할아버지? 뭐가 바뀌었는지 아시겠어요?"

내 앞에서 몸을 빙그르르 돌린 소녀가 들뜬 어조로 말했다. 저번보다 샴푸 냄새가 약해진 것으로 보아 아마도 머리카락을 자른 듯했다. 길이는 대략 두 뼘 정도. 나는 살며시 미소 지은 다음 소녀의 물음에 대답했다.

"머리를 잘랐구나. 그것도 꽤 많이."

"헐. 어떻게 아셨어요?"

"다 아는 수가 있단다."

소녀는 정답을 맞힌 내가 얄밉기도 하고 신기하기도 했나 보다. 잠시 침묵한 채 서 있던 소녀는 이윽고 내 옆에 앉으며 의기양양한 목소리로 말했다.

"그렇지만 다 맞히신 건 아니에요. 바뀐 게 하나 더 있거든요."

"그러냐?"

"네. 오늘은 교복 대신에 새로 산 옷을 입고 왔어요."

새로 산 옷이라. 보통 새 옷에서 나는 독특한 냄새는 일주일 정도가 지나면 사라지기 마련이다. 소녀의 옷에서는 별다른 냄새가 나지 않았기에 나는 소녀가 옷을 구매한 지 최소 일주일은 지났을 거란 추측을 할 수 있었다. 나는 신이 난 소녀를 살짝 놀려줄 셈으로 장난스럽게 대꾸했다.

"나는 일주일도 더 전에 산 옷을 보고 새 옷이라곤 안 한다."

"일주일이 뭐 얼마나 긴 시간이라고 그러세요? 아니, 일주일인 건 어떻게 아신 거예요?"

"다 아는 수가 있단다."

"그게 뭐예요! 매번 물어봐도 제대로 알려주시지도 않고, 할아버지 완전히 치사해요."

"그러냐?"

오늘은 간식해 안 드릴 거예요. 단단히 심술이 난 소녀가 심통을 부리기 시작했지만 내게는 마냥 귀여운 행동처럼 느껴질 뿐이었다. 또 말은 그렇게 하면서도 봉투를 바스락거리며 뻥튀기 냄새를 풍기는 소리가 참으로 재밌게 느껴지기도 했다.

"아 맞다. 할아버지. 저 자랑할 거 또 있어요."

소녀가 뻥튀기 봉투를 내려놓고 제 가방을 뒤적거리기 시작했다. 나는 이번에도 소녀가 내는 문제를 맞히기 위해 만반의 준비를 하며 잠자코 기다렸다.

그러나 내 준비가 허무하게도, 소녀는 너무나 손쉽게

나를 당황하게 했다. 스프레이를 뿌리는 소리와 함께 익숙한 향기가 훅 치고 들어온 것이다. 부드러운 과일 향이 내 코 끝에 맺혀 떠나질 않았다. 당황한 탓에 내가 눈만 깜박이며 아무런 반응도 보이지 않자 소녀가 먼저 의아하다는 듯이 내게 말을 걸었다.

"왜 그러세요?"

"아니, 아니다. 아무것도 아니다."

"최근에 부모님께서 제게 미안하다고 선물로 사주신 향수예요. 혹시 향이 별로예요?"

"전혀. 내가 좋아하는 향이란다."

"근데 왜 제가 향수를 뿌리자마자 그렇게 긴장하시는 거예요?"

소녀는 예리했다. 내가 아무런 말도 하지 않자 이윽고 소녀가 나를 추궁하기 시작했다. 소녀의 의구심 가득한 반응을 견디기 힘들었던 나는 결국 소녀에게 짧고 간결한 설명을 해줬다.

"긴장한 게 아니야. 아내가 살아생전에 좋아하던 향수 냄새와 비슷해서, 좀 놀란 거란다."

"부인이요? 젊었을 적에 사별했다던?"

"……그래. 우리 아내는 꽃향기보다 상큼한 과일 향을 더 좋아했었어. 물론 당시엔 향수를 살 만한 이유가 없었기에 향수를 자주 사주진 못했지만, 중요한 날에는 꼭 선물로 주곤 했지. 그때마다 고마워하면서 소중히 쓰겠다고 얘기하던 아내의 얼굴은 참으로 예뻤단다."

"할아버지는 할머니를 정말로 사랑하셨나 봐요."

"그럼. 우리 아내는 사랑하지 않을 수 없는 사람이었어. 나에겐 과분할 정도로 멋있는 여자였지."

아내가 내 곁을 떠난 지도 벌써 30년이란 세월이 흘렀다. 그런데도 나는 특별한 날마다 항상 은은한 자몽 향이 나는 향수를 뿌리고 곱게 웃던 아내의 모습을 잊을 수가 없었다. 비록 자세한 이목구비의 특징은 시간의 풍파에 많이 흐려졌을지라도 아내의 수줍게 올라간 입꼬리와 자몽 향의 향수는 여전히 선명하게 남아있는 내 기억 중 하나였다.

항상 끊임없이 이야기하던 소녀는 내 말을 들은 이후로 줄곧 침묵하고 있었다. 왠지 내가 소녀를 슬프게 만든 것 같다는 생각이 들어 조금 미안해졌다. 그래서 나는 분위기를 환기하기 위해 그리운 추억을 회상하는 건 잠시 뒤로 미뤄두고 소녀에게 말을 걸었다.

"부모님이 사주셨다고 했지?" "네."

"두 분이 널 많이 아끼시나 보다."

"… 글쎄요. 잘 모르겠어요."

나는 소녀가 대번에 부모님에 대한 자랑을 늘어놓을 줄 알았다. 그러나 내 예상과 달리 소녀는 상당히 차분한 목소리로 자신이 부모님의 사랑을 확신하지 못하고 있음을 표현했다. 절대 싼 가격이 아닌 향수를 생일도 아닌 날에 선물로 주셨다고 하여 분명 부모님이 소녀를 많이 아낄 거라 생각하고 꺼낸 말이었는데, 오히려 역효과를 낸 듯했다.

"왜 그렇게 생각하니?" "저는 어릴 때도 조부모님 손에 키워졌고, 좀 더 커서 부모님과 같이 살게 된 이후에도 거의 혼자 살다시피 했어요. 물론 맞벌이가 얼마나 힘들고 바쁜 일인지 알기 때문에 이해는 해요. 그래도….'

"서운한 감정이 많이 들었구나."

"네. 사실 이 향수도 부모님이 약속 못 지켜서 미안하다고 사주신 거예요. 새로 산 옷도 그때 같이 받은 용돈으로 산 거고요."

침울하게 읊조리던 소녀가 갑자기 허공에 대고 향수를 몇 번 뿌렸다.

향수 특유의 독한 냄새 없이 갑자기 허공에 대고 향은 꽤 고급스러웠다. 이윽고 소녀는 내 손에 향수병을 쥐여 주며 말했다.

"이거 할아버지 드릴게요. 애초에 전 향수 같은 거 잘 안 쓰니까. 가지고 있어봤자 별 쓸모가 없을 거예요."

"됐다. 나야말로 이런 걸 어디에다 쓰겠니."

"할머니가 좋아하시던 향이잖아요. 아까 제가 한 것처

럼 방향제라 생각하고 쓰시면 되죠."

소녀의 고집은 여간 센 게 아니었다. 소녀는 본인이 한 번 결심한 일은 꼭 끝까지 밀고 나가야 직성이 풀리는 성격을 가지고 있었다. 결국 나는 이번에도 소녀의 고집을 이기지 못했다. 나는 소녀가 내 손에 억지로 쥐여준 향수병을 더듬으며 말했다.

"그래, 알겠다. 하지만 다음부터는 이러지 말아라. 부모님이 주신 물건은 남한테 주지 말고 네가 품어. 두 분이 너에게 보여주시는 사고와 정성의 표시 아니냐."

소녀는 내 말이 영 맘에 안 들었는지 계속 침묵 상태를 유지하며 신발 앞 코로 흙바닥만 긁고 있었다. 나는 작게 한숨을 쉬고는 다시 말을 이었다.

"두 분 나름대로 너에게 대한 애정을 표현하고 계신 게야. 다만 서툴러서 너와 어긋났던 것뿐이고."

"정말 그런 걸까요?"

"그래. 너도 나중엔 두 분의 사랑을 깨닫는 날이 오게 될 거야."

"으음."

소녀는 미묘한 반응을 보이고선 더 이상 부모님에 대한 얘기를 꺼내지 않았다. 대화를 물 흐르듯이 자연스럽게 끌어 나갈 줄 아는 소녀는 어느새 이 공원에는 참새와 비둘기 중 뭐가 더 많이 살고 있을까, 하는 주제를 가지고 조잘거리기 시작했다. 나는 소녀의 말에 적당히 맞장구를 쳐주며 속으로 생각했다. 오늘 우리의 대화를 통해 소녀가 부모님의 마음을 다시 한번 생각해 보게 된다면 좋을 텐데.

아쉽게도 소녀는 오늘 해가 질 때까지 부모님을 연상시킬 만한 단어는 전혀 얘기하지 않았다. 다만 내게 마지막 인사를 하고 나서 '향수를 잘 쓰세요'라고 덤덤하게 말한 뒤 총총 집으로 향할 뿐이었다. 소녀가 떠나고 비어버린 자리는 평소보다 더 쓸쓸하게 느껴졌다. 그리고 나는 금방 깨달을 수 있었다. 그 쓸쓸함은 나의 것이 아니라 소녀가 남기고 떠난 감정이었음을 말이다.

3.

소녀가 사라졌다. 매일 해가 산 너머로 넘어갈 무렵부터 지평선에 걸쳐질 때까지 내 옆에서 즐겁게 얘기하던 소녀가 어느 순간을 기점으로 더는 내게 찾아오지 않았다. 나의 삶에 갑자기 끼어들었던 것처럼, 나의 삶에서 갑자기 사라져 버린 것이다.

왠지 모르게 딱따구리가 연상되는 소녀의 목소리를 더는 듣지 못한다는 사실이 서글퍼졌다. 소녀가 없었을 때는 몰랐던 지루함이 내 발목을 휘감았다. 예전에는 혼자서도 곧잘 이곳의 평온함을 즐기고 만끽했는데, 소녀가 사라진 지금은 비어있는 옆자리가 너무나도 허전해서 맘 편히 고요함에 집중할 수 없었다.

흙먼지가 바람에 나뒹굴었다. 습기가 가득한 먹구름의 냄새가 났다. 곧 있으면 비가 올 모양이었다.

비가 오는 날에도 꼭 우산을 쓰고 찾아와서 물웅덩이를 세게 밟으며 장난을 치던 소녀가 그리웠다. 어느새 나의 모든 일상에 스며든 소녀는 내게 메울 수 없는 구멍을 남기고 떠나버렸다.

부모님하고의 사이는 괜찮아졌을까. 내게 찾아오지 않는 지금도 늙은이 입맛에 맞는 간식들만 먹고 다닐까. 그 사이에 새 옷을 사진 않았을까. 저번에 구해줬다던 작은 새는 어떻게 됐을까. 내가 본인이 준 향수를 죽은 아내가 그리울 때마다 뿌리면서 주책맞게 눈물을 흘린다는 사실을 소녀는 알고 있을까.

행방이 묘연해진 소녀의 근황을 알 수 없으니 답답하기만 했다. 그러나 나는 소녀가 사는 곳도, 소녀의 이름도 몰랐다. 내가 먼저 소녀를 찾아 나설 수도 없는 노릇이었다. 이럴 줄 알았으면 소녀에게 좀 더 이것저것 물어볼 걸 그랬다. 소녀가 떠드는 소리가 마냥 좋아서 매번 듣고 대답만 해줬더니 정작 나는 소녀에 대해 아는 것이 하나도 없었다. 목소리가 예쁜, 이제 갓 중학교에 입학한 귀여운 14살 소녀. 그 나이 또래 애들처럼 부모님에게 서운함을 가지고 심술이 나 있는 소녀. 이것이 내가 알고 있는 소녀 정보의 전부였다.

내가 소녀를 다시 만나기 위해 할 수 있는 일은 지금 앉아있는 공원의 작은 벤치에서 하염없이 기다리는 일 뿐이었다. 나뭇잎이 초라한 음색으로 노래하며 낙엽이 되었다. 천지를 울려대는 하늘의 소리가 심상치 않았다. 곧이어 빗방울이 조금씩 떨어지기 시작하더니, 지상에 흩뿌려지는 세찬 빗줄기가 되었다. 우수수 쏟아지는 장대비는 나의 그리움과 뒤섞인 채로 한참을 흘렀다.

그때였다. 빗물을 머금어 질퍽거리는 공원의 흙바닥을 누군가가 찰박거리며 내게로 다가왔다. 나는 그 상대가 혹시 소녀일까 싶어 몸을 살짝 앞으로 기울였다. 그런데 어딘가 이상했다. 언제 한 번 맡아본 듯한, 그러나 썩 기분은 좋지 않은 냄새가 확 퍼졌다. 빗물에 젖은 풀과 진흙, 축축한 공기 냄새가 매우 짙었음에도 그 냄새의 울렁거림은 쉽사리 가려지지 않았다.

"할아버지."

내가 익히 아는 목소리였다. 그리워 마지않았던 바로 그 소녀의 목소리였다. 그러나 이미 소녀에게서 역한 냄새를 맡아버린 나는 너도 모르게 믿을 수 없다는 투로 되물었다.

"너냐?"

"네. 저예요. 할아버지."

"정말로?"

"설마 벌써 제 목소리를 잊으신 거예요? 아무리 제가 여기에 며칠 안 왔다고 해도 그렇게 잊어버리시면 안 되죠."

좀 실망이에요. 할아버지. 언제나처럼 넉살 좋게 얘기하며 투덜거린 소녀가 내 옆에 앉았다. 하지만 나는 소녀를 다시 만났다는 반가움과 기쁨보다, 소녀가 내게 가까워지자마자 단숨에 알게 된 역한 냄새의 정체에 더 신경이 쏠렸다. 며칠은 지난 듯한 상한 우유 냄새, 폐에 별로 좋지 않을 것 같은 먼지 냄새, 아주 옅은 피 냄새와 상처에 바르는 연고 냄새, 그리고 소녀에게선 도저히 맡을 일이 없을 것 같았던 담배 냄새와 그 모든 냄새를 필사적으로 지우려는 듯한 독한 향수 냄새까지. 소녀하고는 도무지 어울리지 않는 이상한 냄새들이었다.

느낌이 좋지 않았다. 소녀에게 무슨 일이 생긴 것 같다는 추측이 점차 확신으로 변해갔다. 그러나 소녀에게 무슨 일이 있었느냐고 섣불리 물었다간 마치 독한 향수를 뿌려 냄새를 감추려고 했던 것처럼 내게도 모든 것을 감춰버릴 것 같았다. 그래서 나는 소녀가 겁을 먹지 않

도록 아무것도 모르는 척하며 조용히 앉아있는 소녀에
게 말을 걸었다.

"잘 지냈어?"

"네. 할아버지는요?"

"나야 똑같지, 뭐."

"제가 없어서 외롭다고 울고 그러시진 않았어요?"

"울긴 누가 운다고."

소녀의 울음소리가 피 시식 터져 나왔다. 영락없이 평
소와 같은 모습에 하마터면 소녀의 상태가 이상하다는
걸 잊어버릴 뻔했다.

"우산은 왜 없어?"

"어…… 두고 나왔어요."

"집에?"

"아뇨. 학교에."

"저런, 어쩌다가."

"할아버지는 왜 우산 없어요?"

"두고 나왔다. 집에."

"비 맞으시면 감기 걸려요."

"너는 안 걸리고?"

"전 아직 젊잖아요. 면역력이 강해서 괜찮아요."

두서없는 대화를 주고받는 동안 소녀의 목소리가 점
점 높아졌다. 이건 소녀의 기분이 좋아지고 있다는 뜻이다. 나는 때를 놓치지 않고 조심스럽게, 그러나 긴장하지 않은 척 담담한 말투로 물었다.

"그동안 뭘 하느라 코빼기도 안 비친 게야?"

"왜요? 저 보고 싶으셨어요?"

"그래. 그러니까 말 좀 해다오. 그동안 왜 안 온 게야."

"으음……."

잠시 뜸을 들이던 소녀가 어렵사리 대답했다.

"사정이 있었어요."

"무슨 사정?"

"그런 게 있어요."

"부모님과 관련된 거냐?"

"아뇨, 그런 건 아니고……."

"학교 일이냐?"

"…… 네."

소녀의 망설임 섞인 대답 위로 순간 내 과거의 기억이 겹쳤다. 아직 눈이 보이던 시절, 엉망이 된 몰골을 한 채로 집에 돌아온 작은아들에게서도 지금은 소녀와 비슷한 냄새가 났었다. 눈물을 뚝뚝 흘리며 학교에서 자기가 무슨 일을 당했는지, 제 속이 얼마나 썩어가고 있는지를 토로하던 아들 녀석은 그때 처음으로 내 품에 파고들며 도와달라고 했었다. 한 번도 약한 모습을 보이지 않았던, 씩씩하기만 했던 녀석이 내게 기대며 무너지는 모습

은 십수 년이 지난 지금도 도저히 잊을 수 없는 가슴 아
픈 장면이었다.

"누가 그랬냐."

"네?"

"누가 널 괴롭힌 거야?"

"그런 거 아니에요, 할아버지."

"아니긴 개뿔. 내가 살아온 세월이 얼만데, 지금 네 상
태도 모를까."

"……."

"장님이라고 얕보지 말아라. 예전에도 말했지. 내겐
다 아는 수가 있다고."

소녀는 말이 없었다. 미동도 안고 가만히 앉아있는 우
리들 사이로 빗방울이 터져나갔다.

"할아버지를 뵈러 오면."

"…"

"… 곧바로 눈물이 터질 것 같았어요. 그래서 올 수 없
었어요."

먹구름이 걷힐 기세 없이 울어댔다. 빗줄기가 너무 세
찼다. 소녀의 목소리가 점차 흐려지기 시작했다.

"선생님께서 말씀드릴 용기도 없고, 부모님도 제겐 관
심이 없으시고."

"…"

“이대로라면 정말 죽겠다 싶었는데요.”

“….”

“생각나는 사람이 할아버지밖에 없었어요. 그래서 다시 온 거예요.”

멋대로 사라졌다가 멋대로 다시 나타나서 죄송해요. 소녀는 거의 들릴 듯 말 듯 한목소리로 말을 맺었다. 나는 대답 대신 다른 말을 하며 몸을 일으켰다.

“가자.”

“네? 어디로요?”

“마트로 우산 사러 가야지. 계속 비 맞으면 감기 걸린다.”

나는 걸어가면서 앞에 장애물이 있나 없나 확인하기 위해 지팡이를 휘저었다. 그때까지 가만히 있던 소녀가 냉큼 뛰어와 내 소매를 잡더니 말했다.

“마트 말고 편의점으로 가요. 거기가 더 가까워요.”

“우산 사야 한다니까?”

“편의점에도 우산 팔거든요?”

“…… 그러냐?”

“네. 제가 잡고 가 드릴 테니까 지팡이 그만 휘두르세요. 누가 맞을까 봐 무서워요.”

그렇게 우리는 잠깐 빗길 속을 함께 걸었다. 나보다 반 발짝 앞서 나가는 소녀의 걸음은 굳세고 당찼다. 방금까지만 해도 겁에 질려 떨고 있었던 사람이라고는 전혀 생각되지 않는 발걸음이었다.

소녀는 원래 그런 사람이었다. 활발하고, 명랑하고, 꽤 고집이 있어서 쉽사리 꺾이지 않는 사람이었다.

그래서 소녀를 보고 있자면 작은아들이 떠오를 때가 종종 있었다. 그 녀석도 어릴 때부터 남다른 소고집으로 남들을 고생시키면서도 워낙 굳세서 무너지는 일이 없었다. 마냥 강한 줄로만 알았던 작은아들이 눈물을 쏟아낼 때 내 심정은 어떠했던가. 처음에는 무척이나 당혹스러웠다. 마음 약한 큰아들이라면 모를까, 작은아들이 내 앞에서 눈물을 흘릴 일은 절대 없으리라 생각했었다. 나중에는 매우 미안해졌다. 하나밖에 없는 아비가 자식 마음 하나 제대로 헤아려 주지 못한 것 같아서, 넌 원래 강한 아이니 무슨 일이 생겨도 괜찮을 거라며 믿음이라는 명목하에 했던 무관심이 너무나도 후회스러워서 미안했다.

"다 왔어요, 할아버지."

나는 지금의 소녀가 그때의 내 작은아들과 비슷하다는 느낌을 지울 수가 없었다.

강인해 보이지만 실상은 아직 보호가 필요한 어린아이 그런데도 여전히 내 소매를 꼭 붙잡고 든든하게 내 앞을 지켜주는 기특한 아이.

"왜 가만히 계세요? 우산 사신다면서요. 얼른 들어가
요."

"됐다. 관두자."

"예?"

"이 정도 소나기라면 좀 이따 그칠 거다. 돈도 아까우
니 그냥 여기서 기다리다가 돌아가자꾸나."

소녀가 황당하다는 말투로 내게 불만을 토로했지만
나는 대꾸하지 않은 채 의자를 찾기 위해 지팡이를 짚었
다. 결국 내가 자리에 앉는 데 성공하자 소녀도 포기했
는지 별말 없이 나를 따라서 앉았다.

사위가 온통 빗소리뿐이었다. 그래도 아까보다는 빗
줄기가 많이 약해진 덕에 시끄럽다기보단 잔잔해서 듣
기 좋았다.

"내게 손 좀 주겠니, 아가?"

"… 손이요? 갑자기?

소녀는 당황스럽다는 듯 내게 반문했지만, 이윽고 순
순히 내 손을 잡았다. 나는 소녀 쪽으로 고개를 틀고 미
소를 지은 다음 다른 한 손도 옮겨 소녀의 손을 양손으
로 감싸 쥐고 말했다.

"긴말은 하지 않겠다. 대신 지금부터 내가 하는 말을
늙은이 잔소리라고 흘려듣지 말고 잘 들어다오."

"할아범인지 말은 한 번도 흘려들어 본 적 없는걸요.

말씀하세요."

"학교의 아이들이 너에게 무슨 짓을 했든, 그건 너의 잘못이 아니야. 그러니 스스로를 너무 미워하지 말거라."

"네."

"또한 지금 상황은 너 스스로 해결하기에는 어려운 점이 많아. 그러니 어른의 도움을 받아야 한다고 생각한단다."

"…."

"하지만 아까 말했지. 선생님께 말씀드릴 용기는 없고, 부모님은 너에게 관심이 없다고."

나는 손에 힘을 주고 소녀의 손을 꼭 잡으며 말했다.

"내가 도와주마. 힘없는 늙은이긴 하지만, 네가 정녕 부모님께 의지하고 싶지 않다면."

"… 할아버지."

"내가 도와줄 테니 용기를 가지거라. 조만간 학교로 찾아갈 테니, 그때 선생님께 말씀드리렴."

"…."

소녀는 내 말을 다 듣고도 한참을 침묵했다. 나는 그제야 내가 노파심에 오지랖을 부린 걸까, 걱정되기 시작해서 네가 그러고 싶지 않다면 거절해도 괜찮다고 말하려던 찰나 소녀가 말했다.

“… 감사해요, 할아버지.”

“….”

“정말로 감사해요. 정말로…….”

무언가에 짓눌린 듯한 소녀의 대답에 나는 소녀의 손을 살짝 토닥이며 최대한 부드러운 말투로 말했다.

“네가 선생님께 보호자가 오실 거라고 말씀드린 다음에 날짜와 시간을 조율하고, 내가 어디로 가야 하는지 알려주렴.”

“네. 그럴게요.”

소녀의 확답을 들은 후, 나는 계속 잡고 있던 소녀의 손을 천천히 놓아주고 지팡이를 짚으며 일어났다. 소녀도 나를 따라서 일어나는 건지 의자가 끌리는 소리가 들렸다.

“비도 거의 그쳤으니 이만 가볼게요. 오늘 고마웠어요. 할아버지.”

“그래.”

“할아버지도 얼른 들어가세요.”

“… 그래.”

떨리는 목소리로 얘기할 땐 언제고 지금은 또 마냥 씩씩하기만 한 소녀였다. 그러나 그 씩씩함이 마치 자신의 여린 내면을 들키지 않으려고 애써 꾸며낸 모습처럼 보여서 나는 조금 착잡한 마음이 들었다. 저을 것이 대체 무슨 잘못을 했길래 저리도 강해져야만 했던 걸까. 안타까움에 속이 꽉 막힌 듯 답답해졌다.

'… 조만간 연락해야겠군.'

집에 있는 전화선이 망가지지 않았기를 바라면서 나는 천천히 걸음을 옮겼다. 아내가 하늘로 떠난 뒤부터 완전히 끊었던 담배 생각이 절로 났지만 한참 어린 자식 놈한테 잔소리를 듣기가 싫어 꾹 참고 어렵사리 그 자리를 떠났다.

4.

"아버지?"

부리나케 달려온 듯 거친 목소리로 내뱉어진 큰아들의 첫 마디였다. 어차피 자동차를 운전헤서 왔을 텐데, 왜 저렇게 힘겨워하는지 모를 일이었다.

"그깟 언덕배기 하나 올랐다고 그리도 숨이 차디?"

"… 빨리 오느라 그런 거예요, 빨리 오느라. 아버지가 저를 예삿일로 부르신 적이 거의 없었잖아요.

"…"

"그래서, 무슨 일로 부르신 거예요?"

보이지 않아도 알 수 있었다. 분명 제가 없으면 해결

할 수 없는 큰일이 생겼다고 여기고 허겁지겁 달려온 것이 틀림없었다. 쯧, 딱한 것. 내가 왜 저를 불렀는지 알게 되면 지을 표정이 심히 궁금해졌다.

"잠시 갈 곳이 있다."

"갈 곳이요? 병원이라도 가시려고요? 어디 다치셨어요?"

"아니. 요 아래에 있는 서천 중학교로 갈 거다."

"…예?"

"귀 좀 열고 한 번에 들어라. 사거리 안쪽에 있는 서천 중학교로 갈 건데, 내가 하도 같은 곳만 돌아다녔더니 다른 길들은 다 잃어버렸어. 그러니 네가 운전 좀 해줘야겠다."

나는 별다른 대답을 기다리지 않고 집 밖을 향해 걸음을 성큼 내디뎠다. 멍하니 있을 녀석의 모습이 너무도 뻔해서 꾸물대지 말고 빨리 오라는 호통을 좀 쳤더니 그제야 조급한 발소리가 내 뒤를 따라왔다.

"잠시만요, 아버지. 학교에 가신다고요? 이렇게 갑자기?"

"그래."

"아니, 대체 왜 … 물론 큰일이 아니어서 다행이긴 한데요. 그래도 이건 너무 갑작스러운데…."

"정신 사납다. 가는 길에 다 얘기해줄 테니 일단 조용히 해라."

평소 내 말에 토를 다는 일 없이 곧이곧대로 따랐던 큰아들은 이번에도 입을 다물고 잠자코 내 뒤를 따랐다. 아마 작은아들이었다면 꼬치꼬치 캐물어서 기필코 궁금한 점을 해결한 다음에야 나를 따라왔으리란 생각에 슬쩍 웃음이 났다. 같은 배에서 난 자식들이 어찌 이리도 다를 수 있단 말인가. 제 어미를 쏙 빼닮은 듯한 큰아들의 점잖은 모습에 문득 몸의 한구석 어딘가가 시림을 느꼈다.

"안전벨트 매 드릴까요?"

"됐다. 나 혼자 하마."

"…… 서천 중학교라고 하셨죠? 5분이면 도착할 거예요."

"생각보다 가깝구나."

"차로 가니까요. 아버지 혼자 걸어가시기엔 멀어요."

노파심 많은 큰아들은 다시 한번 내 안전벨트를 확인하고 나서야 운전을 시작했다. 부드럽게 포장도로를 빠져나가는 차의 좌석에 몸을 뉜 나는 조용히 입을 열었다.

"너 중학교 때 말이다."

"예, 아버지."

"정말로 몰랐더냐? 진수가 무슨 일을 겪고 있었는지, 정말로 아무것도 몰랐어?"

“….”

“질책하려는 게 아니다. 단지 궁금해서 그래.”

“… 어느 정도 낌새는 알고 있었어요. 그 밝던 녀석이 좀처럼 웃질 않았으니까. 하지만 상황의 심각성은… 전혀 모르고 있었죠.”

잔잔하게 떨리는 큰아들의 음성을 통해 녀석이 괴로워하고 있다는 사실을 어렵지 않게 알 수 있었다. 별로 좋지 않은 기억을 떠올리게 한 것이 조금 미안해졌지만 애써 덤덤한 척을 하며 말을 이었다.

“나는 그 낌새조차 몰랐다. 같이 얼굴 맞대고 앉아있는 시간이 좀처럼 없었으니, 어찌 보면 당연한 일이었겠지만.”

“….”

“지금 다시 돌이켜 보면 그것도 다 변명이었다는 생각이 들어. 바쁘다는 이유로, 내가 이만큼 고생해야 너희들을 키울 수 있다는 핑계로, 너희에게 어떠한 신경도 써주지 않았으니까.”

“아니에요, 아버지. 그런 말씀 마세요.”

“… 매일 같이 내게 찾아와서 놀다 가는 아이 하나가 있는데, 지금 학교에서 진수가 겪었던 일과 비슷한 일을 겪고 있다고 하더구나. 부모님은 제게 관심이 없어서 모를 거라는 말을 하는데….”

“······.”

“진수가 떠올랐다. 그리고 아무것도 모른 채 열심히 사는 것만이 최선이라고 여겼던 그때의 나도 떠올랐어.”

차가 미끄러지듯 멈춰 섰다. 아마도 신호에 걸린 모양이었다. 엔진소리만 나지막이 울리는 공간에서, 나는 잠시 호흡을 쉬었다가 다시 말했다.

“그 아이만큼은, 그 아이의 부모만큼은 나와 같은 실수 때문에 상처받지 않았으면 했어. 그래서 내가 도움을 좀 주기로 했지.”

“그래서 지금······.”

“그래. 그 아이를 만나러 가는 길이다.”

큰아들은 침묵을 지켰다. 나 역시 할 말이 끝났기에 이상의 불필요한 말은 하지 않았다. 차가 다시 출발하더니 곧 오른쪽으로 꺾었다. 사거리에 진입한 듯했다.

“아버지.”

차를 이리저리 움직이며 주차를 시도하던 아들이 침묵을 깨고 나를 불렀다.

“아버지는, 최선을 다하셨어요. 그 증거로 저희 둘 다 남부럽지 않게 잘 컸잖아요.”

“······.”

“그러니 너무 신경 쓰지 마세요. 아마 진수 그놈도 저랑 똑같이 생각할 거예요.”

녀석의 말이 끝남과 동시에 차가 완전히 멈췄다. 큰아들이 차의 시동을 끄자, 엔진 소리가 뚝 끊겼다. 나는 조용히 안전벨트를 풀고 차 문을 열며 지팡이를 챙겼다.

"모셔다드릴까요?"

"됐다. 어디 가지 말고 기다리기나 해."

"30분 안으로는 돌아오셔야 해요. 저도 급한 일 미뤄두고 나온 거라서."

"알았다. 금방 오마."

나는 차 문을 닫고 지팡이를 휘두르며 멀쩡한 길을 찾기 시작했다. 작은 나무들을 따라 걷다 보니 일순간 바람이 불었다. 마중을 나오겠다던 소녀의 냄새는 바람 어디에서도 느껴지지 않았다. 그 때문에 조금 불안해진 나는 깔끔한 길을 찾자마자 걸음을 서둘렀다.

운동장에서 간간이 들려오는 밝은 목소리들을 제외하곤 학생들의 목소리가 들리지 않았다. 이미 하교 시간이 지난 듯했다. 딱, 터벅, 딱, 터벅. 규칙적인 박자로 지팡이를 짚고 걸음을 내딛는 걸 반복하다 보니 어느새 교문에 도착해 있었다. 당혹스러웠다. 나는 아직 소녀를 만나지 못했는데.

"여긴 어떻게 오셨어요?"

상냥한 목소리가 내게 말을 걸어왔다. 어찌해야 하나. 나는 잠시 고민하다가 수상한 사람으로 몰리는 것을 피하고자 일단 대답부터 했다.

"학생 하나를 만나러 왔어요."

"학생이요? 누구를 만나러 오셨는데요?"

"예에. 그, 저기 1학년 여자앤데……."

새삼스럽게도 난 여전히 소녀의 이름을 알지 못했다. 내가 말끝을 흐리자 상냥한 목소리를 가진 사람의 시선이 내게 빤히 꽂히는 것이 느껴졌다. 차마 자세한 사정을 말할 수는 없었기에 나는 입을 다물었고, 그는 아까보다 딱딱해진 말투로 말했다.

"저기요, 할아버지. 여기 아무렇게나 들어오시면 저희가 좀 곤란해서요."

"…."

"볼일이 없으시다면 이만 나가주시겠어요?"

그때였다. 익숙한 냄새가 공기를 빠르게 훑고 지나감과 동시에 다급한 발소리가 학교 복도에 울러 퍼졌다. 그 발소리는 곧 우리 옆에 멈춰 섰고, 나만이 맡을 수 있는 옅은 샴푸 냄새가 잔잔하게 퍼졌다.

"죄송해요, 할아버지! 정문으로 오실 줄 알고 그쪽에 나가 있었는데… 생각해 보니 주차장은 후문 쪽에만 있더라고요. 이쪽으로 오실 것 같아서 도로 뛰어왔어요."

소녀 특유의 맑은 웃음이 말꼬리에 따라붙었다. 이윽고 소녀는 쉴 새도 없이 내 옆에 서 있던 남자에게 외치

듯 말을 건넸다.

"태현쌤! 왜 아직도 퇴근 안 하고 계셨어요?"

"너희들 미술 수행 채점하느라. 하윤이 너 안 가고 뭐 해?"

"오늘 담임쌤이랑 상담하거든요. 할아버지랑 같이 가기로 했어요."

"하윤이 할아버지셨어요?" 진작 말씀하시지. 2층 교무실에 가면 하윤이 담임 선생님 계실 거예요."

이만 가보겠습니다. 다시금 상냥하게 돌아온 목소리가 깔끔한 인사를 남기고는 점차 떠나갔다. 내가 진짜 소녀의 할아버지는 아니라고 해명할 시간조차 없었다. 거짓말을 했다는 사실이 조금 마음에 걸렸으나, 어차피 이곳에 다시 올 일은 없었기에 그냥 신경 쓰지 않기로 다짐했다.

"네 이름이 하윤이였구나."

"네. 맞아요. 임하윤이라고 해요."

"지금껏 이름도 몰랐었네. 너랑 잘 어울리는 이름이다."

"감사해요, 할아버지."

조금 전 남자 교사가 알려주었던 2층 교무실로 향하는 동안 소녀는 침묵을 지키며 느릿하게 걸었고 나 또한 소녀의 속도에 맞춰서 천천히 걸었다. 소녀의 걸음 속도가 느려진 까닭은 분명 시간을 늦추고 싶은 마음에 온몸이 돌덩이를 매단 것처럼 무거워졌기 때문이리라. 나는 그런 소녀가 무리하지 않도록 조용히 반 발짝 뒤에서 소녀를 따라가며, 소녀가 최대한 부담 없이 이번 일을 헤쳐 나갈 수 있기를 빌었다.

"…… 다 왔어요."

내 손을 꼭 쥔 채 멈춰 선 소녀가 중얼거렸다. 심호흡하는 소녀의 떨림이 손끝으로 고스란히 전해졌다. 나는 그런 소녀의 손을 살포시 놓아준 뒤에, 소녀가 놀라지 않도록 조심스럽게 입을 열었다.

"미안하지만, 얘야. 나는 같이 들어가지 않는 게 좋을 것 같구나."

"네?"

"나는 네가 용기를 낼 수 있도록 옆에 있어 주고자 했을 뿐이란다. 그러니 선생님을 뵙고 얘기를 하는 건, 내가 아니라 네가 되어야 해."

"하지만."

"괜찮아. 할 수 있어."

"…."

소녀는 마치 입매가 굳어버린 사람처럼 조용해졌다. 나는 소녀가 긴장을 풀고 두려움을 이겨낼 수 있도록 소녀의 생각을 전화시켜 줄 만한 말을 꺼냈다.

“이따 나랑 맛있는 거나 먹으러 가자꾸나. 요즘 애들
은 뭘 좋아하니?”

“… 어, 음.”

“천천히 고민하렴. 난 여기서 기다리고 있을 테니, 어
서 들어가 봐.”

“… 네.”

소녀가 대답하고 나서 잠깐 침묵에 휩싸였던 공간이
미닫이 형식의 철제문이 짧게 열렸다 닫히는 소리로 채
워졌다. 그 사이로 문득 젊은 여성이 소녀의 이름을 부
르는 소리도 섞여 들었다. 소녀의 담임선생님은 서른 살
도 채 되지 않은 사람인 듯했다.

나는 문 옆쪽 벽에 기대며 속으로 생각했다. 모쪼록
일이 잘 해결되기를. 이 이상 소녀가 아파하는 일도, 소
녀의 부모님이 후회하는 일도 일어나지 않기를. 그렇게
한참을 같은 생각만 반복했다.

“…”

시간이 얼마나 흘렀는지 모르겠다. 열린 창문으로 간
간이 들어오는 누군가의 웃음소리만이 내게 세상이 멈
추지 않았다는 것을 알려주는 유일한 흔적이었다. 조금
있으면 노을이 질 것 같았다. 알 수 없는 초조함에 지팡
이를 잡은 손의 검지를 까딱까딱 놀리고 있었더니, 들면
철제문이 드르륵 열리며 누군가가 걸어 나왔다.

"할아버지."

익숙한 목소리가 익숙한 호칭으로 나를 불렀다. 그러나 소녀에게서 나는 냄새는 전혀 익숙하지 않았다. 유자차의 새콤한 향과 함께, 내가 처음으로 자기 일을 털어놓을 때조차 맡을 수 없었던 소녀의 눈물 냄새가 났기 때문이었다.

"… 울고 있는 게냐?"

"아뇨. 이제 안, 울어요."

물에 잠긴 듯한 소녀의 대답에 덩달아 나도 먹먹해졌다. 나는 소녀가 안심할 수 있도록 따뜻한 미소를 짓고자 노력하며 말했다.

"그래. 수고했다."

나는 소녀에게 아무것도 물어보지 않았다. 소녀도 내게 아무것도 말해주지 않았다. 지름 우리에게 중요한 건 상담의 결과가 아닌, 소녀가 스스로 한 발짝 나아갔다는 사실과 내가 계속 소녀를 믿고 기다렸다는 사실이었기에. 그랬기에 우리는 서로에게 아무 말도 하지 않은 채 그저 비슷한 보폭으로 걷기만 했다. 들어올 때는 그렇게나 길었던 길이 어째선지 나갈 때가 되니 그 거리가 한결 짧아진 기분이었다.

"할아버지."

"오냐."

"저, 뭐가 먹고 싶은지 생각해 봤는데요. 아직 잘 모르
겠어요."

"그러냐?"

"네. 그러니까, 메뉴가 정해지면 그때같이 먹으러 가
주세요."

"알았다."

"약속하신 거죠? 같이 가주셔야 해요. 꼭."

"알았대도."

소녀는 힘없는 웃음을 지었다. 아마 한참을 우느라 진
이 다 빠진 듯했다. 마음 같아선 집까지 데려다주고 싶
었지만, 나도 아들의 차를 얻어타고 온 터라 그렇게 해
줄 수가 없는 입장이었다. 차를 운전하지 못하는 내 처
지가 처음으로 안타까워진 순간이었다.

"오늘 와주셔서 감사했어요, 할아버지."

"그래. 날이 어두우니 조심히 들어가거라."

"… 날이 밝은지 어두운지도 보지 않고 알 수 있어요?"

"그럼. 내가 누군데."

평소와 비슷하게 오가는 대화는 오늘의 특별함을 마
치 일상의 한 부분처럼 느껴지게 만들어 줬다. 언제 울
었냐는 듯 말갛게 터져 나오는 소녀의 웃음소리와 늘 이
맘때쯤 나던 저녁 공기의 나른한 향은 불안할 정도로 평
화로운 분위기를 그려냈다.

그렇게 우리는 학교 주차장까지 바로 갈 수 있는 길에 도착했고, 소녀는 내게 작별 인사를 건넨 뒤 사뿐거리는 걸음으로 자리를 떠났다.

기다렸다는 듯이 차에서 튀어나온 큰아들은 내가 조수석에 탈 수 있도록 도와주며 물었다.

"아버지가 말씀하신 애가 쟤예요?"

"그래."

"아이고. 많이도 울었나 보네. 눈이 다 부었어요."

"… 이만 집으로 가자."

"네. 그나저나 죄송해요. 저녁이라도 같이 먹어야 하는데 제가 시간이 없어서….."

"괜찮으니 얼른 운전 시작해라."

나는 차 창문에 머리를 기대며 숨을 뱉었다. 기분이 이상했다. 아까 피어올랐던 불안한 파도가 가라앉질 않았다. 분명 일은 잘 풀릴 것 같은데, 예감은 참 좋은데, 대체 왜 이렇게 속이 어지러운지 알 수 없는 노릇이었다.

"…창수야."

"예. 아버지."

"조만간 셋이 가족여행이나 한 번 가보자. 오랜만에 진수도 볼 겸."

"어… 웬일이세요? 제가 여행 가자고 할 때마다 어디 다니는 건 불편하다고 거절하시던 분이."

“글쎄. 죽을 때가 되면 사람이 바뀐다고 하던가?”

“아버지도 참, 무슨 말씀을 그렇게 하세요…. 그럼 이번 겨울에 가까운 데로 한 번 가요. 일정은 제가 다 짜놓을게요.”

“그래.”

나를 기다리면서 커피라도 마신 건지 차량 내부에는 달콤한 커피 향이 가득했다. 잔뜩 뒤집힌 속을 차마 어찌할 수 없었던 나는, 커피 향을 맡으며 그냥 지금의 복잡함을 단순한 기분 탓이라 여기고 넘길 수밖에 없었다.

5.

“떡볶이를 먹고 싶다고?”

“네. 떡볶이 말고 다른 분식들도 같이 먹고 싶어요.”

“그래. 나는 어딘지 모르겠으니, 네가 앞장서라.”

지난날의 내 걱정은 정말로 쓸데없는 기우였던 건지, 놀랍게도 아무 일 없는 단조로운 나날들이 계속되었다. 굳이 바뀐 것을 고르자면 매일 같이 찾아오던 소녀가 이틀 혹은 사흘에 한 번씩 찾아보게 된 것뿐이었다. 초반에는 억지로 밝은 척을 하는 것만 같았던 소녀의 행동에, 최근에는 진짜 밝아진 것처럼 보여서 나는 속으로 안심하며 다행이라고 생각했다.

오늘도 그러한 나날의 연속이었다. 그때 얘기였던, 맛있는 것을 먹으러 가자던 야속을 기억한 소녀는 처음으로 내가 아닌 소녀가 원하는 음식을 먹으러 가자고 제안했다. 조잘조잘 떠도는 소리를 따라 걸음을 옮겨 소녀가 좋아하는 분식집에 도착했고, 나도 오랜만에 튀김을 먹으며 아내와 함께 시장을 돌아다니면 분식을 집어 먹었던 추억을 되새겼다. 맵기만 한 요즘 떡볶이와 다르게 적당히 달곰한 떡볶이는 내 입에도 맞아서 맛있게 먹을 수 있었다.

덕분에 기분이 고양됐던 나는, 내 직감이 엇나가는 일은 좀처럼 없다는 사실을 간과해 버렸다. 분명 오늘은 흠잡을 데 없이 즐겁게 오늘 하루 잘 보낼 거라고 굳게 믿어 버렸다. 다시 돌아간 공원에서 소녀의 부모님을 만난 뒤에야, 나는 내가 느꼈던 불안감의 성체를 어렴풋이 눈치챌 수 있었다.

"안녕하세요. 어르신. 하윤이에게 말씀 많이 들었어요."

소녀와 똑같은 샴푸 냄새를 풍기는 여자가 말했다. 사실 짙은 향수 냄새에 묻혀 샴푸 냄새는 거의 나지 않았지만, 그 흐릿한 향만으로도 그녀가 소녀의 엄마라는 사실쯤은 손쉽게 알 수 있었다.

"저기, 어르신께선 당황스러우실 수도 있겠지만."

"…."

"감사 인사를 드리고 싶어서 찾아왔어요. 남편도 같이 왔어야 했는데, 하필이면 또 중요한 일정이 잡히는 바람에…."

소녀의 엄마는 '또'라는 말에 힘을 주어 말했다. 소녀의 부모님이 바쁘다는 사실쯤은 소녀에게 익히 들어 알고 있었기에 굳이 변명할 필요가 없었음에도 그녀는 연신 남편의 부재에 안타까움을 표한 뒤에야 말을 이었다.

"하윤이에게 들었어요. 지금까지 있었던 일들 전부요."

"… 그러셨군요."

"예. 원체 자기 얘길 잘 하지 않는 애라고 생각했는데, 그게 아니었어요. 그냥 저희가 믿음직스럽지 못한 부모였을 뿐이었다는 걸 깨닫게 됐죠."

원래는 소녀의 자리였던 벤치에 소녀의 엄마가 앉아서 얘기하는 동안, 어딜 간 건지 소녀의 흔적은 주변에서 전혀 느껴지지 않았다. 소녀를 찾는 내 심정을 어떻게 눈치챈 건지 소녀의 엄마가 살짝 웃음기를 머금고는 말했다.

"하윤이는 편의점에 가 있어요. 금방 다시 올 거예요."

"예…."

"… 하윤이가 저희에게 의지하지 못하는 동안, 어르신께서 많은 힘이 되어주셨다고 들었어요. 학교 선생님께 말씀드리는 날에도 같이 가주셨다고."

"…."

"저희는… 정말로, 하나도 몰랐어요. 그래서 처음 학교에서 연락이 왔을 때… 억장이 무너지는 기분이었어요. 우리 딸아이가 그런 일을 겪고 있었다는 사실도 속상했지만, 상황이 그 지경이 될 때까지 아무것도 모르고 있었다는 사실도 너무 괴로웠어요."

나도 그게 어떤 기분인지 잘 알고 있었다. 내 아이가 망가지고 있다는 것조차 눈치채지 못하는데 어찌 부모라고 할 수 있겠냐며 스스로를 원망했었다. 그리고 만약 아내였다면 일이 커지기 전에 작은아들에게 힘이 되어 줬을 거란 생각에 아내 생각이 많이 났었다. 하늘에서 제 자식이 눈물 흘리는 것을 보며 함께 가슴 아파했을 아내를 생각하면, 죄책감에 가슴이 짓눌려 숨조차 잘 쉬어지지 않았던 때가 있었다.

옛날 생각에 콧잔등이 저절로 시큰해졌다. 나는 눈물을 흘리지 않으려고 노력하며 이어지는 소녀 엄마의 말을 경청했다.

"그래서 이번 일을 해결하는 동안 하윤이와 많은 대화를 나눴어요. 처음이었어요, 그 아이가 자기 속마음을 다 얘기하는 건. 그러면서 저한테 말하더라고요. 자기는 원래 부모님이 미웠는데, 할아버지가 두 분을 조금만 이해해 달라고 말해주서서 마지막으로 믿어볼 수 있었다고. 그래서 이제는 두 분이 나를 사랑하고 있다는 걸 조금은 알 것 같다고."

"…."

"감사해요, 정말로…. 어르신이 아니었더라면 하윤이는 계속 아픔을 꾹 참으며 상처투성이인 나날을 보내야 했을 거고, 저희는 계속 아무것도 모른 채 지금 하는 노력이 하윤이를 위한 최선이라고 착각하며 살았을 거예요."

"저는 한 일이 없어요. 전부 하윤이의 의지였습니다."

"아뇨, 아뇨. 하윤이에게 용기를 내라고 말씀해 주셨잖아요. 덕분에 시기가 늦어 상황이 더 악화하는 걸 막을 수 있었던걸요."

"…."

"다시 한번 감사드려요, 어르신."

소녀의 엄마는 부드러운 사람이었다. 소녀의 밝은 에너지와 대비되면서도 고운 심성과는 또 잘 어울리는 것이, 비록 그 외모를 보진 못하지만 분명 왠지 모르게 닮아 있는 모녀일 거란 생각이 들었다.

그래서였을까. 소녀의 엄마는 아까부터 내게 감사 인

사만을 전할 뿐, 이야기의 본론에는 다가서지 않고 있었다. 심성이 부드러운 사람이기에 남에게 좋지 못한 말을 쉽사리 꺼내지 못한다는 생각이 들어 결국 내가 그녀를 배려해서 먼저 본론을 꺼냈다.

"제게 하고 싶은 말이 아직 남아있지요?"

"…."

"괜찮습니다. 그냥 얘기하셔도."

"네, 그게 사실은… 하윤이를 괴롭혔던 아이들의 처벌이 생각보다 제대로 이뤄지지 않았어요. 교내봉사 몇 시간이면 사라질 죄라는 게 너무 화가 났는데 학교 측에선 증거가 부족하다며 이 이상의 처벌은 힘들다고 했어요."

"저런."

"그래서 하윤이를 전학 보내기로 했어요. 마침 저희 부부도 타지로 사업을 확장할 기회가 생겨서 따로 머물 집이 필요했는데, 겸사겸사 가속이 다 같이 이사하기로 했고요."

"… 하윤이는 뭐라고 하던가요?" "처음에는 괜찮다고 했어요. 자기는 이곳이 좋다고. 전학 같은 거 안 가도 된다고. 그래도 저는, 한 번 일이 터진 학교에 딸아이를 계속 보내고 싶지 않아서… 앞으로 정말 좋은 부모가 될 수 있도록 노력하겠다고 하면서 하윤이를 설득했어요. 그랬더니 나중에는 제 의견에 동의해 주더라고요."

　분명 소녀는 제 엄마가 자기 때문에 불안해하는 모습을 보고 싶지 않았을 것이다. 그러니까, 소녀가 전학을 가기로 결정을 내린 것은 두려움으로부터 도망치기 위해서가 아니라 엄마를 배려하기 위해서였을 것이 분명했다. 참으로 소녀다운 선택이었다. 아직 어린 나이임에도 불구하고 올곧고 당찬 소녀의 성격이 나는 마음에 들었다.

　물론 그 성격 때문에 앞으로 소녀를 보지 못하게 된다는 사실은 꽤 서글펐다. 그러나 어쩌겠는가. 소녀는 앞으로도 소녀의 삶을 살아가야 하는 창창한 사람이었다. 그 때문에 나는 언젠가는 맞이해야 했을 이별을 조금 일찍 앞당겨서 맞이하는 거로 생각하며 스스로를 위로할 수밖에 없었다.

　"최근에 이삿짐 옮기랴, 전학 수속 밟으려 아주 바빴어요. 그래서 하윤이도 어르신을 뵈러 자주 오지 못했고요."

　"… 그랬군요."

　"네. 오늘 그 일들이 전부 다 끝나서 내일이면 타지를 떠나요. 그래서 떠나기 전에 마지막으로 인사드리러 온 거예요. 진즉에 찾아뵀어야 했는데, 너무 늦어서 죄송스럽네요."

　"아닙니다. 난 괜찮아요."

"이해해 주셔서 감사합니다. 좀 있으면 하윤이도 다시 돌아올 테니, 전 이제 가볼래요. 하윤이랑 둘이 얘기 나누셔요."

소녀의 엄마와 대화를 끝내고 나니 문득 얼마 전, 돌연 소녀가 나타나지 않았던 시기가 떠올랐다. 그때 나는 쓸쓸함에 사무쳐 고요함을 온전히 받아들이지 못했었다. 뒤늦게 알아버린 따스함 탓에 예전의 안락함을 잃어 버렸더랬다. 이제는 그러한 것들이 내 삶의 당연한 조각이 되리라고 생각하니 마음이 영 편치 않았다.

"할아버지?" 찰랑거리는 호수에 내려앉은 파릇한 잎사귀처럼, 소녀는 그렇게 내게로 왔었다. 호수 속으로 가라앉은 잎이 다시 떠올라 바람에 날리는 일은 생기지 않을 것이다. "… 엄마가 다 설명해 주셨죠?"

"그래."

"미리 말씀 못 드려서 죄송해요. 할아버지하고는 그냥, 다른 건 생각 안 하고 즐거운 시간만 보내고 싶었어요."

"…"

"그동안 정말 감사했어요. 이것저것 도와주시고, 좋은 말씀도 많이 해주시고…."

"그래. 가서도 잘 지내라. 너라면 어디에서든지 잘 살 수 있을 거야."

“네. 할아버지도 꼭 잘 지내서야 해요! 아셨죠?”

마지막까지 명랑하게 작별 인사를 한 소녀는 내게 반듯하게 접힌 쪽지를 건네며 자신의 연락처가 적혀 있으니 언제든 전화하라고 말하고는 종종걸음으로 공원을 떠났다.

그러나 나는 그 뒤로 연락은커녕 소녀가 준 쪽지를 펴 보지도 않았다.

하라면야 할 수 있겠지만, 그러고 싶은 마음이 들지 않았다. 소녀가 옛일을 상기하기보단 훗날을 바라보며 살아가길 바랐다. 떠나간 그곳에서도 소녀만의 특별함으로 주변을 밝히는 사람이 되었으리라 믿으며, 앞으로 보다 강한 사람이 되어 주눅 들지 않고 살아가기를 마음속으로 빌었다.

한 가지 아쉬운 점이 있다면 작별을 고하던 날에 제대로 말해주지 못한 것이 남아있다는 점이었다. 네 덕분에 말년에 좋은 추억 하나 만들었다고, 내 긴 생애를 통틀어 손에 꼽을 정도로 반짝이는 시간이었다고 말해주지 못해서 미련 같은 아쉬움이 남았다. 그러나 어쩌겠는가. 소녀는 이미 떠났고, 나는 이곳에 있었다. 나도 소녀처럼 자리를 털고 일어나 다른 곳으로 나아가기 전에는 전하지 못할 말이었다.

그 때문에 나는 소녀와의 시간을 그냥 가슴속에 묻어두

고는 마음이 허해질 때만 가끔 꺼내서 읊조렸다. 그럴 때면 내 코끝에는 마치 잔향처럼 소녀의 냄새가 흘렀다. 더는 맡을 수 없는, 매우 아름답고 그리운 냄새가 흘렀다.

"아빠가 웬일이에요? 맨날 내가 어디 놀러 가자고 할 땐 질색하더니!"

그로부터 얼마의 시간이 지났을까. 큰아들과 약속했던 가족 여행으로 가까운 겨울 바다를 가게 된 날, 작은아들은 격양된 어조로 저리 말했었다. 그리고 나는 작은아들에게 입꼬리를 올려 웃으며 이리 대답했었다.

"다 늙어서 집에만 있으려니 좀이 쑤시더라. 이제 남은 시간 동안 여기저기 다녀보려고 그런다, 왜."

조용히 웃는 큰아들과 장난스럽게 나를 놀리는 작은아들을 앞에 두고 나는 주머니를 뒤적였다. 온기가 흐르는 듯한 꼬깃꼬깃한 종이쪽지를 손에 한 번 꼭 쥐었다가 다시 놓은 뒤, 짭짤한 바닷바람에 맞으며 걸어갔다. 그 이후로도 나는 천천히, 조심스럽게 앞으로 걸어 나갔다.